La vida per dins

La vida per dins

Laura Fabregat

Univers

Amb el suport del Departament de Cultura

Generalitat de Catalunya
Departament de Cultura

Primera edició: gener del 2023

Disseny de la col·lecció. Enric Jardí
Imatge de la coberta: Ignasi Font
Maquetació: Mireia Barreras

Direcció editorial: Ester Pujol

Univers és un segell de Grup Enciclopèdia
Josep Pla, 95
08019 Barcelona

Imprès a Romanyà Valls
Dipòsit legal: B 8.768-2022
ISBN: 978-84-18887-44-4
Imprès a la UE

A ma mare, el meu far, el meu tot.
L'únic art que jo conec, que jo professo, és el teu,
el que fas amb les mans cada dia de la teua vida.

En tots els meus personatges
hi ha característiques meves,
però cap dels meus personatges no és jo.

MERCÈ RODOREDA, del pròleg de *Mirall trencat*

[...] *ara sé que fràgil que és tot plegat*
i que és en aquest moment, amb aquesta força
retrobada, que haig d'escriure i anar fins al final.
Sempre serem a temps de plorar.

DELPHINE DE VIGAN, *Res no s'oposa a la nit* [1]

1. Trad. Oriol Sánchez i Vaqué, Edicions 62.

PRIMERA PART

ABANS

Fins que es fa fosc

I

Em miro la porta, la fusta desgastada de tants anys, paret de pedra apilada al voltant. És la porta de sempre, de tants estius de córrer, perdre'm, fer el que vull aquí i allà. La mare traginant amunt i avall que no sap fer altra cosa, a la cuina, a la rentadora, al mercat, arreu, i el pare que em mira i està pendent de mi, que és tot el que necessita. Trau els escacs, però no me'n surto gaire. Prenc la corda, vaig al jardí i no paro de saltar, amb els seus ulls contents a la finestra. Llegim, cadascun a la seua butaca. I la caseta de fusta que és el meu secret, on m'espera el Blauet, el meu moixonet. Tot anava bé, com una seda, fins que la mare i els seus quedar bé ens han portat convidats. Que enguany podem allargar les vacances i així poden pujar uns dies la tia amb les nenes.

Em miro la porta, no la vull obrir. No vull girar el pany que ja en sento les veus. Recolzo una mà a la porta mentre es va obrint molt a poc a poc. No vull que faci soroll. Miro endins amb un ull i ja la veig, davant la mare, que li explica tantes coses que les trepitja totes i no s'entén res. I la petita, darrere, que salta perquè no es veu i intenta colar alguna paraula al relat atribolat que l'enlluerna. Tot el menjador s'ha emparat d'elles i les seues estúpides històries de malcriades. La mare i la tia que riuen i s'ho passen pipa des del sofà gran, ben enganxades l'una a l'altra, sempre ben arran, com les dues bessones que un dia van arribar al món. Dues gotes d'aigua, tret que una em mana i l'altra no. El pare és allà, a l'altra butaca, que intenta riure tot allò que li queda gran. Ja a l'entrada, començo a fer unes passes mudes i dubitatives que no saben on anar. El pare alça el cap però no diu res. La mare, que hi veu on no arriben els ulls, em clissa i no em deixa avançar:

—Ja era hora, Nur, de veritat; on t'havies posat? —no dic res i ella tampoc espera cap resposta. Gira la mirada cap a la Mar i l'Ona i la deixa allà—. Ja han arribat les teues cosines —es torna a fer el silenci—. No penses saludar?

Mar&Ona, indissolubles, com l'arbre i les arrels. Sempre m'ha fet molta gràcia. Me'n ric i els ho faig saber. Però em fa ràbia, molta ràbia, perquè la mar que tots coneixem, blava i immensa, és tan bonica que t'anestesia els ulls i ja no veus altra cosa, amb les seues ones arrodonides que no et poden encisar més. No entenc com es poden cedir els seus noms a la babalà. La Mar no és com la mar, l'Ona no és com l'ona, i prou. I jo, Nur, originàriament Noor. Elles se'n burlen, *Nur la del cul nu*, una vegada i una altra. No en faig cas, ho ignoro perquè no em faci mal. No m'agrada, el meu nom. No l'entenc. És tan... Tan nu, com el cul. Simple, despullat, buit. Com una Núria que s'ha menjat l'hiat, desabrigada, vulnerable, indefensa. Exposada, com el cul nu. Com el nadó que arriba al món sense res més que ell mateix, i que no se sap protegir, si no li donen empara.

La mare espera. Em ressegueix amb la vista mentre m'enfilo a l'altra butaca i agafo el llibre que tinc entre mans. La Mar i l'Ona no em miren, jo clavo les ninetes al llibre. La mare s'alça i m'agafa el braç, enfurismada. La tia i el pare s'ho miren tot i no saben ben bé què fer. M'estreny el braç més fort i em comença a fer mal. El pare em fa uns ullets abatuts que diuen que prou, que li faci cas, per favor. Obro la boca ben petita per fer un hola que gairebé no se sent. Penso en el filet de veu del meu Blauet, que és encara ben menudet. La mare ja en té prou. Em torna el braç amb brusquedat, canvia l'expressió de la cara i va amb les seues nenes. Obro el llibre i faig que llegeixo, amb el batec damunt la rojor del braç i les llàgrimes que es queden a la gola. Es fa un silenci incòmode, però la Mar no tarda a omplir-lo. Que li han donat el paper principal de la funció de teatre, i que ha de cantar i ballar davant de tothom. I parla, salta, riu i no para quieta, que fins i tot les línies del llibre se'm mouen soles.

—Oh, quina bona notícia! Ho has sentit, Pere? —diu al pare, com si no estigués al mateix saló—. Felicitats, bonica! —i de cop ja torna a somriure, tant o més que la Mar—. I no et fa vergonya?

—Gens ni mica! —respon l'al·ludida, convençuda, amb la cara ben alta.

—Ah, doncs ens en podries fer una demostració! —la invita la mare, i no cal dir res més que la Mar ja prepara l'escenari. Comença a girar com una baldufa, i no vull però no puc evitar mirar-la de reüll. Obre la boca i em tapo les orelles, que vull llegir i que em deixin en pau. L'Ona per darrere que li fa els cors i la deixa brillar. Amb el cap abaixat, pujo les ninetes i sento una força al pit que fa mal perquè jo també voldria moure'm d'aquella manera i que em diguin com en soc, de guapa. Miro el llibre i provo de fer com la protagonista. Clavo amb força els ulls a la taula del mig de la sala per intentar que es mogui, per espantar-los a tots, per robar-los l'atenció i que deixin d'admirar la noia perfecta. Passen cinc segons, deu, quinze, i res. Els ulls em cremen i em sento idiota, perquè jo no soc la Matilda i la màgia no existeix. Llanço el llibre contra el terra amb una embranzida i tothom em mira amb cara d'estupefacció. La mare em regala una mirada ferotge i de seguida torna a la neboda estimada, no sigui que se senti faltada d'atencions.

—Reina, però que bé que ho fas! —ho diu amb el rostre que li brilla tot—. M'has deixat completament fascinada! Vine que et faci una abraçada, i tu també Ona, bonica. D'aquí uns anys ho faràs tan bé com ta germana —i s'abracen totes, entre ois exagerats de la mare.

Faig amb la boca com si vomités i d'un rampell m'aixeco del sofà. La mare em frena amb els ulls i torna a la càrrega.

—Tant de bo la Nur fos una miqueta com vosaltres i fes altres coses, a més d'asseure's aquí a llegir o de perdre's per aquestes contrades déu sabrà on només per fer-nos patir —i ho diu i ara sí que em mira, ben directament, que em colpeja amb l'esguard. Em quedo parada que no sé què fer i el pare que abaixa el cap i no dirà res perquè mai diu res, i penso que qualsevol dia s'ofegarà entre tantes paraules que se li queden dins per no voler imposar-se als altres. La Mar i l'Ona que encara riuen, i la tia que està per elles i fa que no ha sentit res. Marxo corrent perquè no es vegin les llàgrimes que em bullen darrere els ulls i deixo un cop de porta rere meu.

Corro i corro que no sé on vaig, esquivo arbres, i més arbres, i més arbres, salto pedres que s'interposen al camí, i em quedo sense alè quan ja soc a l'arbre que acull la meua caseta. Recolzo l'esquena al tronc per calmar la respiració, però no s'acaba de tranquil·litzar perquè hi ha tot de coses que em van per dins i que no són la cursa. Pujo a la caseta i agafo el meu Blauet, que aixeca mitja parpella en veure'm i no fa res més. Tot seria tan fàcil, si fos moixó, obrir les ales i emprendre el vol, amb tot el món del blau del cel i amb núvols que no són obstacles perquè es traspassen i ja està.

Però el meu Blauet no pot volar, que el vaig trobar al terra amb una ferida a l'ala. M'agrada pensar que quan es recuperi i marxi lluny pensarà en mi i em farà viatjar arreu amb els seus ulls. Mentre, ens quedem aquí i ens expliquem el que ens agrada i el que ens fa mal.

L'apropo tendrament a mi i li parlo de la mare i la Mar. Parlo sense parar, ràpid i alterada que no vocalitzo res, passen els minuts, més i més minuts, l'acaricio suaument amb el tou del dit índex, amunt i avall, amunt i avall, continuo que ho trac tot fins que no queden paraules, i tu, el meu Blauet, que ara m'obres els dos ullets com dues pedretes i de la boca em fas un cant deliciós que ni el pastís de xocolate, que fins avui encara no havies pogut desfer el nus presoner del bec. Et miro admirada, que el teu consol arribi precisament avui, i sé que no només m'entens i em fas costat sinó que t'atreveixes a parlar i a dir la teua, no com el pare. M'assec recolzada a la paret i et col·loco sobre les cames que només som tu i jo, però una veu ens ve de lluny per traure'ns el somriure còmplice que hem creat, i és la veu de preocupació del pare que em crida i em retorna al lloc que queda fora del refugi del món.

—Nuuur, Nuuur! —i es fa un silenci curt—. Respon, va, que sé que ets aquí —em quedo un moment pensant però al final trac el cap per la porta.

—Com saps que soc aquí? —dic, sorpresa, que no havia parlat a ningú de la caseta de l'arbre.

—Nur, cuca, soc ton pare... —s'està una estona sense afegir res més, amb la mirada a les arrels de l'arbre—. Vols... vols que parlem? —i ho diu tan tímidament que no se sent bé, que no està content de no poder fer res quan voldria fer tantes coses.

—Ho sento, papa, però ara no vull —no sé què més dir, giro el cap per mirar el Blauet, que mou una ala per donar-me empenta i després prossegueixo—. Ves tirant que ara de seguida vinc a casa, de veritat —es queda mirant-me amb aquella cara que és com un prec, però aquest cop no li faig cas. Abaixa les espatlles, dona mitja volta i marxa, vençut, amb el cap clavat al terra.

Torno amb el Blauet i em quedo mirant-lo sense altra cosa a fer, ara que ja hem esborrat els somriures. Penso en els seus pares, si l'estan buscant, si l'han abandonat a posta i si saben que està ferit. Quan estic malalta la mare em cuida perquè ho ha de fer, però es queixa i per això mai estic malalta. I també hi ha el pare, que no es posa bo quan jo no em trobo bé perquè pateix massa i és millor que no ho sàpiga. De vegades tinc mal de cap o molta tos i igual vaig a l'escola. No sé si tinc febre perquè la mare sempre em diu que estic bé i que no cal el termòmetre, però tampoc no em posa la mà al front. Perduda entre els meus pensaments passa una estona que no sé com és de llarga i decideixo que he de tornar, que l'hi he dit al pare i el Blauet s'ha adormit de nou.

Obro la porta de la casa i em trobo el pare amb les mans que s'estira els cabells i que no pot respirar. Què tens, papa?, què tens, què tens, em dic per dins sense poder-ho articular. Em veu i estira el braç cap a la tele. Tremola tot. Entenc que vol que apagui l'aparell, però no em puc moure. Veig imatges de molts cadàvers apilats i el pare que es tapa els ulls i les orelles, i comprenc què és el que li passa perquè no és la primera vegada. Que a vegades veu la mort i la sent com si fos seua, i jo no entenc què és la mort però per a ell és tot por. En uns segons que se'm fan eterns les cames em responen i vaig corrent a la tele per prémer el botó d'apagar. El pare va cap a la finestra que diu que necessita aire, amb la mà sobre el pit, però no l'entenc gaire perquè no pot parlar bé. Inspira molt fort, però la gola se li ha fet massa petita i l'aire no hi entra bé. Vaig amb ell, l'abraço i no sé què més puc fer. Jo et vull ajudar, pare, el meu home-nen, em dic. El cap, filla, el cap no em funciona fi, quequeja. I jo m'imagino les agulles d'un rellotge que passen les hores a gran velocitat, sense parar, perquè alguna cosa falla en els seus engranatges.

Arriba la mare, que sempre tarda massa quan hi ha de ser. L'aparta de la finestra que diu que no cal que se n'adoni ningú, ara que la tia i les nenes són fora. No m'agrada el que fa la mare però no ho dic, que el que jo pugui dir mai no serveix de res. Li dona un got ple d'un líquid ataronjat i li diu que s'ho begui ràpid, abans que. Ell trau unes pastilles de la butxaca i s'ho empassa tot junt. Es llança a la butaca, recolza el cap a un cantó i tanca els ulls. La mare sospira i s'emporta el got, no sigui cas que el vegi algú. La mà del pare va caient a poc a poc i abandona el pit. Em quedo una estona mirant-lo i veig que la seua respiració es torna a alentir, com la del Blauet quan el vaig saber curar.

Em noto una pressió forta a la panxa com un puny que hi estigués cavant. Marxo a fora apressadament, agafo la corda i em poso a saltar. Ràpid, cada cop més ràpid, sense parar. L'herba de sota els peus desapareix, tot es fa terra humida, de marró intens. Es pensen que no però jo ho veig, que el pare no està bé, que ara està bé i de cop ja no. Que acabo de fer nou anys i ja soc gran. Moltes vegades diu que no es troba bé, que es morirà però que no es vol morir i jo no entenc per què pensa a morir si no està mort. I li agafa aquella por que se l'emporta tot i jo m'imagino que la mort ha de ser una cosa terrible que ens ha de fer molta por. Salto i salto, fort i més fort, i fa molta calor. La mare que només em sap veure quan estic llegint, però no quan faig altres coses. Que salto a la corda i ho faig molt bé. Que soc la millor de l'escola, que salto i salto i tots van passant però ningú em guanya. La mestra de gimnàstica n'està encantada, però ella no ho vol veure. I la tia que ja podria vindre sola, que així la mare només estaria per ella i no em molestaria amb les nenes precioses que li roben els ulls. Que només m'agrada quan ve sola i no em demana res, quan no em porta les seues filles per jugar. Ara ja ni m'ho demana, però la mare sí i no ho entenc, que ja sap que no ho faré, i és ella qui vol que vinguin, no jo.

Segueixo saltant que ja gairebé no toco el sòl, i estic xopa de suor. Que si tant t'agraden, queda-te-les per a tu i deixa'ns tranquils, al pare i a mi, que no saps tu el bé que estaríem. Però el pare no està fi i quan li falla el cap no sé ben bé què he de fer, que no sé què és aquella beguda ataronjada, i com me'n sortiria. I el rum-rum del cap que no para i penso que el nom de Mar és com el de mare però sense la «e», que estan fetes l'una per a l'altra i que em deixin en pau. El peu se'm queda enganxat a la corda, caic al terra i em faig sang al genoll, i em fa molta ràbia perquè jo voldria estar amb el pare, els dos junts i ben feliços, però no podem perquè no en sabríem prou. Em miro la sang com anestesiada. Deixo que ragi avall, avall, sense fer res per deturar-la. La suor se m'asseca i m'entra com fred, tot i el sol de ple agost que es menja el paisatge de banda a banda.

Faig mitja volta i allí les veig, al fons del jardí, força apartades de la casa. La Mar&Ona, una que és dues, dues que són una. Juguen a la xarranca i la Mar va molt més avançada, que no sap què és deixar-se guanyar. Ella sempre ha de ser la primera, no sigui cas que. La Mar té deu anys, l'Ona, gairebé vuit. Totes dues són de l'agost. El mes de la mar i de l'ona, indissolubles. Jo, del juliol, Nur com la llum i el dia. Deixo la corda al terra i m'hi acosto sigil·losament, que no sé ben bé què em proposo. Les tinc al davant, però no em volen veure. Al final, es giren cap a mi amb una cara que és com un poema ben complicat. No diem res i tornen al seu joc, com si no hi fos, una ombra sense contingut.

—Voleu que juguem a un joc? —els dic, tan de sobte que ni em crec haver-ho fet.

—Amb tu? Passo —la Mar, quina sorpresa. Ho sabia i ho esperava. S'encamina cap a un altre cantó amb el pas decidit i em deixa amb la petita.

—Com és que ara vols jugar? —pregunta l'Ona.

—He acabat el llibre —menteixo.

—A mi no m'agraden, els llibres. M'agrada molt més jugar —continua l'Ona.

—Ja ho sé. A mi m'avorreix molt més jugar —dic.

—Ets molt estranya, *NurCulNu* —riu—. La mama diu que no et fa cap bé, tant de llibre a les mans.

—I què sap, ta mare? —m'esvero, cansada de sentir-ho, també, en boca de la mare.

—Bruixa, la mama ho sap tot! —s'ofèn.

Ui sí, tot. Ella, que no sé si és la mare o és la tia, ho sap tot i més. Torna la ràbia, amb força. Però ho deixo córrer, no val la pena. Canvio de tema i li explico el joc, que crec que encara té ganes de jugar. Sempre estaria jugant, ella. Però és un joc molt avorrit, diu. Ja m'ho pareixia, què sé jo de jocs. Però no és només el joc, és tot el que hi ha al darrere. Al fons, veig la Mar que agafa la corda, l'estira fort però no es pot trencar, la tira al terra i la trepitja amb fúria. Em fa una ganyota i marca amb la boca la paraula estúpida. E-S-T-Ú-P-I-D-A, lentament, exageradament, perquè em quedi ben clar. La Mar fa mal. *NurCulNu*, *MarFaMal*. Contindre el crit fa mal. Fer veure que no passa res, que no m'afecta, que tot normal fa mal. Tragar i tragar fa mal. Fins que arribi l'explosió que ho cridi tot, endins, enfora, per tot arreu. Quanta ràbia pot retindre un cos tan menut?

El joc és un córrer i a veure qui guanya, una cursa en línia recta, una al costat de l'altra. Fins al llac, però això no ho dic, m'ho guardo per a mi. L'Ona riu, però si saps que corro molt més que tu, i vinga a riure. Vols jugar, doncs juguem. Es deu creure que soc E-S-T-Ú-P-I-D-A. Em poso al seu costat, compto fins a tres i arranquem a córrer. No és que guanyis de molt, sinó que deixo que m'avancis de molt, penso. Tu riu. Ens hem allunyat bastant de la casa. L'Ona no ho sap, que allí hi ha un llac on no pots tocar el terra ni fent puntetes. No t'hi acostis gaire, sempre em diu el pare, tot i que a l'aigua soc com una sirena, que ell em va ensenyar a nadar de ben petita i que bé m'hi trobo. El llac no es veu des del camí perquè abans d'arribar-hi el terra fa un petit pendent. No hi ha temps per frenar, si s'arriba corrent. L'Ona es gira i riu, riu que riu. Poc després, cau a l'aigua. I ja no riu que traga aigua.

Arribo corrent i em paro de cop, no faig res. L'Ona no sap nadar. Estira els braços cap a mi, crida, traga aigua. No faig res. M'ho miro. L'Ona lluita, mou els braços, desesperada. Calma't, calma't, penso jo. No faig res. Estic quieta, tota parada, mirant-la. Ella també em mira, els ulls fora les òrbites, implora, però no faig res. Em pregunto d'on trau tanta i tanta força un cos que s'ofega per aferrar-se a la vida. Sento cremor a dins, em ve d'alguna banda, de totes bandes, no sé si no és satisfacció. Qui guanya, ara?, em pregunto. Dibuixo una mena de somriure amb els llavis que és com una ganyota. L'Ona segueix lluitant, però cada vegada menys, amb menys força. Fins que no es mou. La miro i continuo paralitzada, tant, que no m'adono que la Mar es llança a l'aigua. L'agafa com pot i la trau, que es veu que ella sí que sap nadar. Crida, em crida, no sé què em diu. No vull sentir el que em diu. Mar&Ona són un tot indissoluble que no es pot trencar. L'una no pot ser sense l'altra. L'Ona pareix inconscient. Arriben els pares, em miren, què ha passat. Senyalo l'Ona, no puc parlar. La Mar m'assenyala a mi i diu alguna cosa. No entenc res del que ha passat, i no entenc res del que diu. L'Ona pareix reprendre la consciència i se'n va sortint, a poc a poc. La Mar em segueix assenyalant.

—Però què et passa?! Què has fet?! Però què et passa pel cap, a tu?! Què cony tens al cap?! Tu no estàs bé, no estàs bé! Estàs buida per dins! —brama, crida, es desespera la mare.

I continuo que no dic res, no puc dir res. Només miro, cap a totes bandes, amb la mirada abaixada i les paraules assecades. No entenc què ha passat, no entenc res. El pare s'ho mira, no diu res. No ho entén, ell tampoc ho entén. Fa que no amb el cap, una vegada i una altra. I capcot, amb els ulls vidriosos, torna enrere, cap a la casa.

II

Estem totes en rotllana, en una banda del pati, sobre la pista de futbol, i la mestra de gimnàstica que ens vigila des de fora. A l'altra banda de la pista hi ha els nois, que preparen el seu espectacle per al festival de final de curs. Nosaltres farem un ball només de noies, que els nois no en saben, de ballar, només n'entenen de moure la pilota, diu l'Ada. I totes riem i fem que sí, que té tota la raó. L'Ada està al centre de la rotllana i ens diu el que hem de fer, perquè totes sabem que balla millor que ningú i només ella pot muntar la coreografia. Engega el radiocasset i comença a sonar la cançó del moment, tot i que ningú n'entén la lletra, però ella mou els llavis per seguir-la que ens fa creure que és la més avançada. L'Ada prem pausa i ens ensenya el casset. *Baby one more time* de Britney Spears. Rebobina i es prepara per ensenyar-nos els primers passos. Braç dret amunt i avall, braç esquerre que fa el mateix, espatlles que vibren, cintura d'una banda a l'altra, una volta i pareix una ballarina. Ens quedem bocabadades i geloses, i els nois que ja no estan pel seu joc, que ara tot és ella.

L'Ada és com la Britney, rossa, cabells llargs i llisos, prima, amb la panxa plana que pot ensenyar, ulls marrons i clars. Brilla com els seus cabells. Tota ella és de sol, el centre que ho il·lumina tot. Com l'Emma de les Spice Girls, l'ídol de l'Ada i de totes nosaltres. Però no ballem *Wannabe* perquè és la cançó de final de curs de l'escola de ball on va. Diu que podem anar a veure-la, que estarà contenta, que és just el cap de setmana després del festival de l'escola. Ens mirem i fem que sí, és clar que sí, i estem entusiasmades que l'Ada ens hagi convidat. I tot i que no ho diem, hauríem preferit que hagués convidat a unes poques i ser d'aquestes poques, i així sentir-nos privilegiades, que som al cel. O només a una, o dues, a la Meri i a mi, per exemple, i ser al seu pòdium. En veritat, jo soc més de la cançó de *Wannabe* i m'agrada més la Geri, però no ho dic, que no vull que l'Ada em creui. Li faig un somriure que sempre tinc marcat per a ella, faci o digui el que sigui. Jo seré la Geri, en secret, i que ella es quedi amb l'Emma i ens segueixi il·luminant.

L'Ada ens fa una prova dels primers passos per veure com ens movem i així triar els llocs a l'escenari. La mestra ens mira i ens deixa fer, que ja acabem quart i ja som grans. L'Ada ja té deu anys, jo encara no però em queda poc. La Meri tampoc els té, que és de finals d'any. Ella també té ritme i se'n surt bé, però a mi em costa molt memoritzar els pocs passos que fem. La Meri és de la Mel B, però tampoc ho diu. És molt morena, com ella. Es posa al meu costat i m'ajuda amb els passos, però no hi ha manera, perquè tot i memoritzar-los no em surten bé. Jo mai seré com l'Ada, mai em mouré com ella, ni tampoc com la Meri. La Meri hi insisteix però no em surt i no vull ballar davant de tothom, i menys amb els ulls dels nois damunt nostre, que no paren de mofar-se de nosaltres des de lluny.

Per sort, l'Ada ens fa ballar a totes a la vegada i ens va mirant. M'intento amagar rere la Meri, i rere meu que s'amaga la Violeta, pobreta. I m'adono que rima, el nom, Violeta, la pobreta. Són pocs segons però se'm fan molt llargs i vull que s'acabin, ja. Que jo soc de la corda, no de ballar, que quan em poso a saltar l'Ada em mira i no diu res, però no em deixa de mirar, i no vol entrar a la corda quan a l'altra banda hi soc jo. I potser no se n'adona però jo ho veig, que sempre tinc un ull per veure què fa. La prova s'acaba i l'Ada ens comença a col·locar. A la Meri la posa per davant i ja m'ho pensava. Li faig un somriure que es queda a mig camí, que m'alegro per ella però m'engeloseix que l'Ada l'hagi triat. Quan arriba on soc jo, se'm queda mirant molt atentament i al final diu:

—La veritat és que ets mona de cara, però et mous fatal —i es posa a riure, i totes amb ella, fins i tot jo. Oblido el que diu al final i em quedo amb la idea que li agrada la meua cara. Que no me'n surto de ballar és una cosa que ja sabia, cap novetat—. Doncs això, et pots posar aquí al final, per la teua carona —conclou. La deixo fer sense dir res, contenta per la meua cara, tot i que una ombra de recel em fa pensar si no ho diu de broma. Penso que un altre gall ens cantaria si algun dia s'atrevís a entrar a la corda amb mi. Em mira de dalt a baix i va cap a la Violeta. Els cabells, que sempre duu solts, la segueixen allà on va i deixen darrere seu un tel d'oloreta suau i dolça, com l'ametlla dels arbres que banyen de rosa l'arribada de la primavera.

L'Ada porta una camiseta rosa fosca, gairebé magenta, i unes malles marrons que hi fan molt de joc. La marca Nike del conjunt és daurada i sobresurt a quilòmetres vista. Em miro el meu xandall blau i em fa vergonya, fa pinta de vell i de poc modern. La mare me'l va comprar al mercat i ja comença a tindre boletes. Crec que a la mare li agrada que no em senti bé. Tampoc em vol comprar colònia, que diu que és per a noies grans i que a mi no em cal. Penso que potser l'Ada m'ha posat al darrere pel xandall que porto, però com es pot tapar la roba si és el que et cobreix la nuesa? A més que potser no faig bona olor, tanta estona al sol i ballant, i amb els nervis de no saber-ho fer. L'Ada es planta davant la Violeta i la Violeta fa unes passes endarrere, que no la vol tindre tan a prop. El sermó serà el de sempre i ja tenim preparades les rialles que ens imposem. La Violeta abaixa el cap, l'Ada l'aixeca encara més i comença:

—Ho sento, Violeta, però tu no pots sortir amb nosaltres que esguerraries el ball! —i es fa un festival de riures, els uns sincers i malvats, els altres postissos i llastimosos. Jo també formo part del cor enriolat que s'espera de mi i de totes nosaltres, i em miro de reüll la Violeta, pobreta. No voldria ser com ella, és tan grassa que li costa caminar i, quan ho fa, tot se li mou com si fos gelatina, pobreta. La Violeta, que encara no ha aixecat el cap, el replega més i més i s'allunya del grup. Deixo de mirar-la, que no la vull veure ferida, ni vull intuir les llàgrimes que li deuen anar galta avall, pobreta.

L'únic que ens fa diferents, a la Violeta i a mi, és la meua carona i que estic pleneta però no tant. La mare sempre diu que és l'edat, que és que encara soc menuda, que quan em vingui la regla m'estiraré com un pi, perquè a casa tots som prims i no pot ser que espatlli la norma, que mira la Mar, quin cosset. Però després es repensa i diu que no li estranyaria, que espatllés la norma, que en mi tot és diferent del que hauria de ser, que soc massa filla de mon pare. Tot i que no entenc ben bé què vol dir, estic contenta d'assemblar-me al pare i només espero que em vingui la regla, ja. Sé que és sang que ens surt de la vagina però m'és igual, que només vull ser com un pi, com l'Ada. Potser ella ja té la regla.

M'adono que, en un racó de la pista, la Violeta i la mestra de gimnàstica estan parlant, i penso que no, Violeta, no ho facis, que serà pitjor per a tu. La mestra li posa una mà a l'espatlla, l'hi prem i no sé què li diu. Pareix com que l'està animant. Ara, li posa la mà a la barbeta i li apuja la cara, que encara tenia clavada als peus. La mestra estira un braç cap a nosaltres, fa un senyal amb el cap, diu alguna cosa, la Violeta respon que sí i venen cap al nostre grup. Totes deixem de fer el que estàvem fent per mirar com s'apropen. Faig una ullada a l'Ada i la veig immutable, amb el cap alt i els ulls segurs, com si res. Les mira i no li tremola ni un dit. A mi les cames em comencen a fer figa i no entenc per què. Ja són davant nostre, la Violeta darrere la mestra, pobreta.

—Noies, la Violeta em diu que no vol ballar amb vosaltres perquè no en sap i us faria quedar malament —ens comenta la mestra, i continua—: Ja li he dit que són bajanades i que aquí totes som iguals, en sabéssim més o menys. I que es tracta de passar-s'ho bé, oi que sí? —totes fem que sí amb el cap ràpidament, mudes que no sabem què dir, que tampoc volem portar la contrària a l'Ada, però llavors l'Ada comença a parlar.

—Clar que sí! Si ja l'hi he dit jo abans. No importa si ballem millor o pitjor, l'únic que importa és que estiguem totes juntes i que ens divertim, que ens ho passarem pipa! —continuem totes mudes i només fem que assentir amb el cap. L'Ada prossegueix—: Violeta, no has d'estar trista per això, de veritat. Mira, si ho prefereixes, et pots posar a la fila del final, darrere la Nur, així tampoc et veuràs gaire. Ho trobes bé? —empasso saliva i crec que ho fem totes. No sé què pensar de tot plegat, però m'agrada que l'Ada hagi dit el meu nom. La Violeta no mira l'Ada sinó que em mira a mi, i sort que el timbre, de cop, ens revela que s'ha acabat l'hora de gimnàstica. Totes marxem corrent cap al vestidor que no sabem quina cara fer. Ens fa por que l'esbalaïment se'ns dibuixi al rostre i tregui a la llum tot el que ha passat, i què ens diria, l'Ada.

Ja al vestidor, em miro dissimuladament els altres cossos, totes ho fem. Envejo els cossos més prims, com el de la Meri o el de l'Ada. La Meri, morena i de cabells llargs, llisos i negres, que pareix la Pocahontas, sempre l'hi dic. Encara no tenim pits perquè encara no tenim la regla. Jo no vull tindre pits però sí que vull que em vingui la regla i m'estilitzi com una model. La Violeta es tanca al lavabo i es canvia d'amagat, pobreta. A l'Ada li encanta saltar i ballar mig nua perquè admirem el seu cosset. Porta unes braguetes roseta amb un dibuix d'un ram de flors al davant. Em quedo amb la vista clavada a la seua panxa que és com una paret, i al seu melic, que fa un forat harmoniós. L'Ada i la Meri segueixen dos patrons perfectes, una en ros i l'altra en moreno, una amb els cabells solts i l'altra amb cua alta. De sobte, faig un salt. Recordo que és l'última hora i que ja marxem a casa. M'apresso a agafar totes les meues coses i surto esperitada cap a fora, sense dir res a ningú, ni tan sols a la Meri.

Avui és el dia que ha de vindre el pare a buscar-me. No passa gairebé mai, normalment ve la mare perquè li encanta xarrar amb les altres mares, però avui no podia. La mare no ve per mi, ho fa per ella i per les altres mares, i què dirien, si no vingués ella. Surto corrent de l'escola i vaig fins al seu racó, on sempre m'espera, amagat de tothom, que intenta fer un somriure però no se'n surt. No m'adono que l'Ada m'ha seguit i, de cop, la veig darrere meu. Em quedo parada, els ulls que se'm fan grans i no puc moure la boca. Em noto suor a les mans, cada vegada més. El pare ens mira i es posa trist. Com sempre, va vestit de qualsevol manera, amb una camisa a quadres de botons mal cordats, molt vella, uns pantalons que semblen de xandall i li van una mica curts, sabates desgastades, els cabells despentinats que se li fan grassos de seguida. A la mare li encanta recordar-li que abans tenia més carn, i que on és ara, mira't, que t'estàs quedant tot esprimatxat. Inclina la cara que vol fer veure que no ens coneix i, sigil·losament, amaga a la butxaca un Viena que porta a la mà, i que em fa entristir encara més. L'Ada ho veu tot i no pot deixar de posar-hi cullerada.

—Hola! —diu al pare—. Vostè és el pare de la Nur, oi?

El pare es gira cap a mi però no diu res. Jo intento dir alguna cosa però tampoc me'n surto. L'Ada també em mira i em fa una riallota.

—Sap —continua l'Ada—, crec que a la Nur no li agrada que vingui vostè a buscar-la. Ha sortit corrent del vestidor perquè no vol que el veiem —el pare reclina el cap i segueix amb la boca tancada—. Només l'hi volia dir, però no es preocupi, a vegades la Nur és ben rarota —em retorna la mirada i em fa una ganyota que no sé si vol ser simpàtica, però que no em fa ni mica de gràcia—. Encantada de conèixer-lo, senyor, jo soc l'Ada! —li allarga la mà i el pare l'hi encaixa, amb els dits dubitatius i tremolosos.

Després d'això, com si res, l'Ada marxa corrent i fent saltirons, tota contenta i enriolada, i veig que es refrega la mà a la roba i que torna al vestidor, on s'ha deixat la bossa d'esport i la motxilla per encalçar-me. El pare i jo comencem el camí fins a casa, a mig metre de distància un de l'altra, els dos amb els ulls que no s'atreveixen a deixar el terra. El pare trau el Viena i me'l dona. Miro la pasta i, després, els seus ulls, aigualits de pena. Li envolto la cintura ara que ja no ens veu ningú i li dic que em sap molt de greu, papa, que no és veritat el que diu l'Ada. Se m'escapen una, dues, tres llàgrimes, el pare em passa el tou dels dits per les galtes i em diu que no passa res, que la nostra edat és molt complicada. Que ell, si mai torna a buscar-me, em seguirà esperant al seu cantó, apartat de les mirades. I no et preocupis, cuca, menja't el berenar.

III

Tinc els ulls clavats a la paret, els deures al davant i el pare al darrere, revisant mil papers, al seu escriptori. El despatxet que s'amaga dins la papereria és el nostre micromon. La mare és a fora atenent la gent, i nosaltres som aquí, entre deures, capses i papers que són factures i albarans, m'explica el pare. La meua vida és aquest despatx que comparteixo amb el pare, tarda rere tarda i dissabtes sencers. Alguns dissabtes em deixen a casa la Meri, i altres amb la Violeta, pobreta, tot i que això és el meu secret. El pare em vigila perquè em mengi el berenar i perquè faci els deures, però soc jo que el vigilo a ell. Un ull per als deures i un ull per a ell, que em fa por que de cop no es posi malament.

Les seues mans sempre tremolen una mica i el boli se'n ressent. Fa una lletra molt inclinada, prima i petita que no puc entendre. No cal que ho entenguis, filla, que és molt avorrit, sempre diu. I continua amb la calculadora i més xifres i xifres, sumes i restes que s'allarguen en un munt de fulls. De vegades m'intenta ajudar amb els problemes de matemàtiques, perquè ell en sap molt i coneix totes les solucions. Però no se'n surt perquè no sap explicar-se. S'embolica, sua i diu que ho deixem estar, que potser la mare. Però jo dic que no, que la mama no, i no dic res més. Que no necessito que m'ajudin, que només ho faig per tu, papa, perquè vegis que em pots ajudar i que en saps molt, que no vull que pensis el contrari.

Surto del despatxet i m'acosto a l'estanteria amb els llibres nous que han arribat avui, que estan posats de cara. N'agafo un on, a la portada, surt una dona amb un barret de xef i un plat de pasta a les mans. Noto que se'm posa algú al costat i que també es queda mirant els llibres, concretament les novetats literàries per a joves. Obro el llibre de la xef per mirar-ne l'índex, amb un ull a la pàgina i un altre a la persona del costat, que no acabo de veure bé. Giro una mica el cap i llavors el veig. És el Quim, de sisè, que fa un curs més que jo. Se m'acaloren les galtes i, en veure'm la reacció, crec que s'intimida una mica. No diem res, i ell agafa un llibre qualsevol i clava la mirada a la sinopsi de la contraportada.

—No crec que t'agradi, aquest llibre —li dic, de cop. El Quim em torna a mirar i fa un posat interrogatiu, encara sense dir res—. És que... no ho sé, el veig molt... per a gent gran —dona la volta al llibre, veu tot de gent de tercera edat fent esport a la portada, fa un somriure tímid i es rasca una mica el cap. Deixa el llibre on era i es queda pensatiu.

—Sí, tens raó, trobo que no fa per mi —diu, després d'uns segons eterns i encara tímidament enriolat.

—Vens sovint, per aquí, oi? —des del despatxet l'he vist diverses vegades, però mai m'atreveixo a sortir. Només el miro, i miro, i miro. Es queda molta estona davant els llibres, impertorbable. Els agafa, es mira un moment la portada, els gira, en llegeix la contra amb tot el temps del món, els torna a deixar, pensa quin agafar, en tria un, va a la caixa amb la seua mare, paguen i marxen.

—Bé, sí, una mica. La mare em deixa comprar un llibre al mes —pareix com que vol afegir-hi alguna cosa, però al final no diu res més.

—Quina sort! Jo també llegeixo molt, però a ma mare no li agrada que llegeixi tant —parlo ràpid, sense pensar ni un moment el que dic. Tan ràpid que m'entrebanco amb les paraules. Tot el contrari del Quim, que pensa una estona abans de parlar, una estona que a mi se'm fa molt llarga.

—Per què, no li agrada? —i aquest cop, la pregunta li ha sortit força ràpid. Apujo les espatlles i abaixo la mirada perquè no vull continuar amb aquest tema, però em fa por que la conversa acabi aquí i responc alguna cosa:

—No ho sé... Diu que no m'ha de fer cap bé, llegir tant. Prefereix que faci altres coses... —El Quim mira un moment la mare i no diu res—. Però mon pare també llegeix molt i li agrada que jo ho faci. Ens asseiem junts al menjador i cadascú llegeix el seu llibre. I així ens podem estar hores —ara la cara se'm posa contenta.

—Ja, jo crec que està bé, llegir —diu, després d'una estona. Torna la mirada als llibres, es posa consirós i, al final, reprèn la conversa—. No sé quin triar... Quin agafaries, tu?

—Jo és que ara llegeixo aquests —i assenyalo el llibre de la xef i uns altres de cuina que hi ha al costat. El Quim fa una cara estranya, que és com si no li agradés que llegeixi aquesta mena de llibres—. N'he llegit molts però és que últimament m'agraden aquests, perquè així puc triar receptes per cuinar amb el pare.

—Ah —fa el Quim, no sé si amb poc interès perquè allarga molt poc el so de la «a»—. Mon pare no cuina mai —continua, al final.

—A casa meua també cuina la mare, però hi ha un dia a la setmana que el pare i jo cuinem junts i me n'ensenya —ara em mira ben atent, per això prossegueixo—. I amb el llibre puc mirar quina recepta podem fer. Sempre la trio jo.

—Jo trobo que no m'agrada la cuina, no ho sé —i fa un moviment de les espatlles amunt i avall.

—No t'agrada menjar? —li pregunto.

—Sí, menjar sí!

—Doncs... si cuinessis podries fer els plats que més t'agraden cada dia. A mi m'agrada molt la pasta i sempre en menjaria!

—Sí, sí, a mi també, sobretot amb nata i bacon.

—Doncs jo en sé fer, no fa gaire en vaig fer amb el pare i va quedar molt bona. Gairebé sempre llegeixo receptes amb pasta. Si vols...

—Nur! Va, fes el favor, no molestis el noi que l'Anna ja ha acabat —és la mare, que em crida des del taulell i fa que no amb el cap. L'Anna és la mare del Quim i ens mira amb un somriure, diu que no passa res. Té una veu molt dolça, no com la de la mare, que només sap cridar. No pot sofrir que m'ho estigui passant bé. El Quim ho aprofita per marxar corrent tan ràpid que no he vist ni si ha agafat algun llibre. No m'ha dit ni adeu i em fa que només volia desempallegar-se de mi. L'Anna toca els cabells del fill tendrament, el despentina una mica amb cada carícia, mira el llibre que ha agafat i torna a somriure-li. Somriure, somriure, somriure. Les mares també poden somriure. Capcota, torno cap a dins amb el pare, que ell sí que vol estar amb mi i xarrar de qualsevol cosa.

El pare ha aparcat els folis amb els càlculs i està escoltant la ràdio. Em veu arribar i ell sí que em fa un somriure, tot i que la pena que sempre duu al rostre no li sap dibuixar bé. Poso els ulls a la pila de fulls d'olor que he acumulat, que ja tinc ganes d'ensenyar-los a la Meri, sobretot el del dibuix del flamenc i la nena que li passa una mà entendrida pel coll immens, i que fa l'olor dels Baby Born, però aquest encara no el voldré intercanviar, que m'agrada massa. Les veus de la ràdio em desvien l'atenció dels fulls d'olor i em transporten amb el pare, amb un seguit de paraules encadenades que m'absorbeixen tota.

Parlen de les Torres Bessones, d'al-Qaeda i de l'atemptat que ha tingut lloc fa poc. Tothom parla del mateix i no ho puc suportar, se'm fa una muntanya que em creix del cap i em deixa estesa a sota. Em tapo les orelles i surto corrent. Entro al lavabo i em quedo en un racó, reclinada com un bebè contra la paret i el cap entre les cames. Els ulls volen plorar però no em surten les llàgrimes. Em sento seca, un pou profund de temor. Ja són algunes nits que no dormo bé, que només penso en el mateix i no m'ho puc traure del cap. Que mirem el telenotícies a la nit mentre sopem i tots parlen del mateix, i després què. Després tot allò no em surt del cap, i vull dormir però no puc. El pare obre la porta del lavabo i em troba en la mateixa postura. S'asseu al meu costat, em passa un braç per l'espatlla, m'acosta a ell i repenjo el cap a les seues cames.

—Què et passa, cuca? —i em sap greu perquè veig que el pare està espantat, que s'espanta massa prompte per tot.

Però jo em poso a tremolar més i més perquè no sé com dir el que vull dir. Ell m'abraça més fort i em diu que parli, que parlar va bé.

—És pel que ha passat a fora amb la mare? —però faig que no amb el cap. Passa una estona i ens quedem els dos així, jo amb les llàgrimes que no em surten pels ulls sinó pels espasmes del cos, i ell que em posa el cap a sobre del meu esperant que em passi. M'estreny tant que em pareix que em desinflaré, i de cop penso en el meu Blauet, que vola el món i qui sap si va veure l'atemptat de les Torres Bessones. On ets, Blauet.

—Això... això de les Torres Bessones, a la tele parlen... parlen d'una guerra mundial, i... i em fa por, papa. La guerra em fa por —barbotejo, al final, després d'una estona prou llarga. Una llàgrima que aconsegueix escapar-se'm dels ulls, galta avall. Però el pare m'explica que no, que si hi ha una guerra no ens afectarà a nosaltres, o que no ens afectarà directament. Que la guerra serà entre els dos estats implicats, però no amb nosaltres. Que aquí tot continuarà igual, vida, i no has de tindre cap por, no has de tindre cap por per això.

Faig cas al pare perquè ell ho sap tot i mai no m'enganyaria. I les llàgrimes que tenia retingudes acaben per sortir, que es barregen amuntegades i em calmen el cos i tot el que em va per dins. Un altre cop digue-m'ho, si alguna cosa et trau el son, de veritat, no t'ho guardis per a tu sola, filla, continua el pare. Faig que sí amb el cap i penso que tot és fàcil quan t'ho expliquen bé, i que el difícil és preguntar les coses que et fan sentir dèbil. Però amb el pare tot és fàcil perquè amb ell no hi ha secrets. Ell, el meu heroi de les nits en vetlla. Ens quedem una estona més al lavabo fins que sentim que se'ns aproxima algú i llavors fem per moure'ns.

—Què hi feu, aquí? —és la mare, amb posat brusc i interrogatiu, que ara mira l'un, ara mira l'altra, però com que no responem, continua, dirigint-se al pare—: Has vist el noi de l'Anna? És un nano ben eixerit, i molt educat. Es veu que és molt llest, i li agrada molt llegir —em sorprèn que la mare digui això, que de cop i volta llegir sigui un acte a admirar. Que està bé si ho fa el Quim, però no si ho faig jo. I penso que a mi també em diuen que soc llesta, a l'escola, però la mare no ho diu mai, que només veu el que vol veure. El pare només fa que sí amb el cap, i la mare, de sobte, que es gira cap a mi—: De què parlàveu, amb el Quim? —moc el cap de cantó a cantó i dic que res, que no me'n recordo. La mare fa cara que no em creu i segueix—: Quan l'Anna ja havia començat a passar, el Quim s'ha esperat un moment i m'ha dit que llegir està bé i que està bé que tu ho facis. Després, ha marxat ràpid sense afegir-hi res més —no dic res que em ruboritzo tota, i giro la cara perquè no vegi el gran somriure que em fan els llavis. El pare sí que ho veu, posa els ulls contents i em passa la mà pels cabells com abans ho havia fet l'Anna. El meu heroi de converses, silencis i secrets. Deixem la mare endarrere i passem al nostre despatxet. I un fil de veu que ens persegueix i diu trau-te'l del cap, el Quim, nena, que no fa per tu.

IV

Al pare li estan caient llagrimots que són com rierols que descendeixen ràpidament per turons empinats. No hi ha manera, filla, diu, respiro pel nas com tu em vas dir però ja em veus, igualment acabo fet un nyap. Em recargolo tant de riure que em fa mal la panxa. El pare no plora mai tot i que tampoc no riu, només ho fa quan estem junts. Sempre està afligit però no sap plorar, diu que les llàgrimes li van marxar amb la iaia i que s'han perdut en la mar on ja no anem. El pare és com un poeta, llegeix de tot i també llegeix poesia. De vegades em recita poemes i jo no els entenc, però noto que són tristos, que sempre són tristos perquè hi ha enyorança i gent que ha mort. El pare és molt sensible però no plora mai, només quan talla ceba, i a mi m'agrada que ho faci perquè així pot recuperar la seua mar salada pels ulls.

Les meues amigues tenen mares ploraneres i pares que no ho són, i jo tinc un pare que no plora tot i que per dins sempre està plorant, però aquest és un dels meus secrets. El meu pare és especial. La mare, dins de casa, només crida, crida, crida i no em parla si no és per cridar. La mare tampoc no sap què és plorar. Jo sí, jo em tanco a l'habitació i ploro i ploro, i que el pare no em vegi perquè encara es posaria més trist i malament. I no sé si ploro pel pare, per la mare o per mi, només sé que omplo gerros i més gerros de llàgrimes que aviat podran recuperar la mar del pare.

—Papa, ja he ratllat la tomaca. Què faig, ratllo una mica de formatge? —el pare ara talla una mica la carn picada i a mi no em deixa tocar el ganivet. Tot el que s'hagi de tallar ho ha de fer ell. Em deixa el ratllador però ves amb compte de no apropar-hi massa els dits, sempre em diu.

—Sí, d'acord, filla, però vigila amb el ratllador, eh. Ja veuràs quina bolonyesa més bona que sortirà avui, i diferent de totes les altres! —últimament sempre trio plats de pasta variats, i avui estem provant una bolonyesa que barreja, alhora, la tomaca i la nata. Vaig llegir moltes receptes però aquesta ha sigut idea del pare, que en té moltes, de bones idees.

Avui és diumenge i, des de fa un temps, la mare ens deixa sols, en diumenge, al pare i a mi. Tot va començar poc després de l'incident al llac, del que vaig fer a l'Ona, que són les paraules que sempre utilitza la mare. A la mare li agrada molt recordar-m'ho, per això tot sovint ho tinc al cap. Quan ho penso, no soc capaç de recordar què va passar exactament. Cada cop la història canvia, hi ha detalls nous. Alguna vegada és la Mar, la que empeny a l'aigua, i m'empeny a mi, no a l'Ona, però jo sé nadar i no passa res. Altres vegades l'Ona surt sola de l'aigua i tampoc passa res. D'altres, jo em llanço per traure-la i punt i final. Però d'altres jo la miro i no faig res, s'ofega i no faig res. I m'ho he de traure ràpidament del cap i pensar en altres coses, en el pare, la cuina, la corda, la Meri o el Quim, perquè m'entra una cremor molt forta al pit que se m'escampa arreu i no puc respirar bé.

Els diumenges el pare i jo pensem receptes i cuinem. Els altres dies cuina la mare i sempre es fa el que ella diu. Quan el dissabte tanquen la papereria, la mare ve a casa, es dutxa, es canvia i marxa. Ja no la veiem fins diumenge a la nit i jo n'estic encantada. No sé on va, tot i que crec que marxa a casa la tia, amb la Mar i l'Ona, les seues nenes adorables, que són com s'ha de ser i no com soc jo, que diria ella. I em puja la cremor però moc el cap i m'ho esborro, que els espaguetis estan a punt i la boca em fa aigua. Amb el pare no parlem mai de la mare, parlem de les nostres coses i no necessitem res més. Cuinem, mengem, llegim i abans anàvem a la platja, ja fos estiu o hivern, per refrescar-nos o només per passejar, però ara el pare no pot.

—Papa, ja no anem mai a la platja —vaig dir-li no fa gaire.

—Ja ho sé, cuca, ho sento, ho sento molt... És que... és que no puc —i va abaixar el cap més avall del terra, a les profunditats més inabastables, i es va posar molt trist.

—No passa res, papa, ja farem una altra cosa —i el vaig abraçar perquè es tornés a posar content, que si el veia tan dolgut l'estómac m'estrenyia fort i em feia mal.

Va ser així com vaig entendre que no hauria hagut de preguntar-l'hi, i que no tornaria a preguntar-ho mai més. I em vaig dir estúpida, estúpida, perquè hauria hagut d'entendre-ho abans, després d'aquell dia dalt del cotxe, de camí a la platja... Però moltes vegades no penso prou les coses abans de parlar i després me'n penedeixo. Aquell dia, que no va ser l'últim perquè no va ser, fèiem camí a la platja com molts diumenges al matí, que no és gaire lluny però s'hi ha d'anar amb cotxe. Encara estàvem sortint del poble quan un altre cotxe es va posar a avançar sense prou espai i molt ràpid. Nosaltres veníem de cara i just el teníem al davant quan va girar el volant bruscament i va entrar al seu carril. Tot va ser molt, molt ràpid.

El cotxe del pare es va calar, però era ell que ja no conduïa, que no podia. Es va quedar parat, tot ell pedra, amb les mans al volant, que l'agafaven cada cop més fort i no el podia soltar. Papa, papa, papa, li deia, li cridava, però no responia. Tenia els ulls fixos al davant, foscos com la nit, i els llavis ben tancats que li tremolaven tot i la força. El seu cos, ert com una escultura, que li vibrava a la vegada. La gent que s'apilava a la finestra, que què passa, que per què no arrenca, que surti del mig, home. Jo m'amagava que no sabia què fer, morta de vergonya, i seguia cridant papa, papa, fluixet que no em sentin, que no em vegin, va papa, engega. Però no va engegar el pare, sinó que va ser un municipal, que va fer moure el pare al lloc del copilot i ens va tornar a casa. El pare que encara no parlava, que es va traure aquelles pastilles de la butxaca i va tancar els ulls, repenjat al seient. I jo, amb la mirada clavada al pare, vaig dir l'adreça al municipal, i li vaig dir adeu i gràcies, i que no es preocupi, que el pare sovint no està bé però es posarà bo, oi que sí, papa, el meu heroi. Però el pare ja no tornaria a conduir més, mai més, que se li feia una muntanya, una muntanya lletja i obscura com la gola d'un llop, com en els pitjors malsons. Que m'assec al seient i em quedo paralitzat, m'explica, que no sé què passa, que no puc arrencar... i la vida que continuaria però amb el límit dels llocs que no podríem recórrer junts.

A la platja, quan hi anàvem, ja no fèiem gaire cosa. Cada vegada en fèiem menys però estàvem junts i no volia altra cosa, el joc amb les pedres, els peus a la voreta i els ulls del pare sobre meu. Vigila no entris més a dins, cuca. I si hi havia ones, ni això, aparta't més, filla, que si en ve una de forta i se t'emporta què faré, jo? Que no puc entrar-hi, que m'agafa aquella cosa... I els seus ulls ennegrits de pena intensa, de no poder ser més fort per a tu, bonica. Però si jo sé nadar, papa, no t'has de preocupar, tot i que no ho deia. I em quedava a la voreta, esquitxos d'aigua amb els peus i ja en tenia prou. Em mirava el pare i no sabia com fer-li entendre que jo et vull així, papa, que la mama no em vol com soc, però jo a tu sí, així i de cap altra manera. M'asseia al seu costat, amb les paraules engolides sota les pedres, el cap sobre la seua espatlla i el món de blau obert al davant, només per a nosaltres.

El dia del cotxe, després d'acomiadar el municipal, ens vam quedar asseguts a l'entrada del pis, que millor que em toqui l'aire, filla, que ja m'estic posant bo. Vaig traure la corda i em vaig posar a saltar, amb els ulls damunt del pare que no li passi res, però no em podia concentrar i entropessava tot sovint. Després d'una estona molt llarga de salts que no anaven enlloc, el pare es va alçar:

—Nur, bonica, anem, que et porto a un lloc que t'agradarà molt —va dir de sobte, encara trist—. I a veure si així et puc compensar això de la platja... que em sap molt... em sap molt de....

—Que no papa, que no passa res —el vaig interrompre jo—. Anem, anem, em moro de ganes de saber on em vols portar!

Pel carrer ens vam agafar de la mà i jo el mirava des de baix, contenta de veure que ja es trobava bé, però amb la temença que tot es pogués capgirar en un tancar i obrir d'ulls. Vam arribar al restaurant de l'Alfonso, l'oncle de la Violeta, i vam entrar-hi sense problema perquè el pare de la Violeta i el meu pare són molt amics i l'Alfonso ho sap. Jo també ho sé i és un dels meus secrets, que el pare em guarda com tants d'altres. Vam caminar fins a la cuina, i l'Alfonso estava obrint pel mig una llagosta enorme, més taronja que el suc de préssec, que obria i tancava les pinces que té per mans, alterada, sufocada, atemorida, pobreta, com la Violeta.

—Uaaau! Com és que encara viu? —vaig dir, mentre em mirava l'escena amb els ulls ben oberts, com hipnotitzada.

—Perquè fa poc que ha sortit de la mar, noia —va explicar l'Alfonso—. Fixa't en aquell peix d'allà, que és allargat, pla i marronós, quins salts que pega! Es vol escapar, pobrissó —el mirava que no podia deixar de mirar-lo i em tenia completament fascinada—. És el llenguado, un dels peixos més valorats.

»Tots aquests peixos els tinc aquí perquè els hem de netejar i deixar-los a punt per als dinars —va continuar l'Alfonso—. Mira, aquell peix gros, pla i arrodonit, que té una marca negra i rodona a cada banda és un gall de Sant Pere —i em vaig mirar el pare i vaig pensar en el seu nom de peix, i l'Alfonso que seguia parlant—: La marca que té és la ditada que li va deixar l'apòstol, que era pescador, quan el va agafar de la mar —em mirava el peix i el mirava a ell, i la boca que m'arribava al terra de sorpresa—. Ja ho sé, noia, és sorprenent i costa de creure, però és la llegenda que de sempre ressona a la mar... —No vaig dir res perquè no sabia què dir, només volia que continués parlant i que no callés mai més. L'home, que pareixia haver-me llegit el pensament, va assenyalar un altre peix i va prosseguir—: Aquell d'allà és el rèmol, o el rom, com li vulguis dir, molt paregut al gall però sense la marca dels dits. Sàpigues, noia, que el rèmol és el peix més bo de la mar, té un gust molt fi i delicat que fa les delícies de tothom. Tot i que l'has de pagar, clar...

—Vols dir que és molt car? —li vaig preguntar.

—La veritat és que sí, maca. Però el peix s'ho val —i amb un ull a la llagosta, que encara estava obrint pel mig, i l'altre als peixos del costat, va continuar—: Aquell altre peix d'allà, platejat i més ple que el llenguado, és la dorada, i més cap allà, una mica més allargat, hi ha el llobarro —va concloure, mentre n'assenyalava un altre—. Per últim, aquell tan lletjot, amb la boca enorme que li va de banda a banda, és el rap. No t'hi acostis gaire que et mossegarà —em va dir, rialler, mentre em feia l'ullet—. Oi que és apassionant, el món de la mar, menuda?

—Sí, sí, sí, sí, molt i molt! —li vaig respondre—. Sap, jo de gran també seré xef.

—Òndia, de veritat? —em va dir, amb un somriure a la cara, mentre jo feia que sí amb el cap, que sí, que sí, que sí—. Doncs aquí t'estaré esperant, bonica —vaig fer salts i més salts d'alegria fins que, en un cantó de la cuina, als fogons, vaig albirar una olla enorme que s'estava coent. En veia les bombolles que treien el cap a la superfície, que esclataven i es tornaven a formar. M'hi vaig acostar a poc a poc, abduïda.

—Què és, aquesta olla tan gran? —vaig preguntar, al final.

—És el caldo de peix que després utilitzem per fer els arrossos —em vaig quedar amb els ulls a l'olla fins que l'Alfonso va prosseguir—. Crec que vols saber com el fem, oi?

—Sí, sí, sí, per favor! —vaig dir, entusiasmada.

—Doncs, a veure, en una olla hi posem a bullir peixos de roca, caps, espines, crancs i galeres. Mentre, en una paella a part, sofregim la picada d'all, julivert i tomaca. Quan ja estigui, la tirem a l'olla on va bullint el peix. No és gaire complicat, oi que no?

—Mmmmm, no, però... què són els peixos de roca?

—Són peixos que tenen molta espina i que llavors no s'acostumen a gastar per menjar, tot i que igualment són bons —em va mirar i va veure que sí, que ho entenia—. Fem una cosa: si voleu tastar el caldo, quedeu-vos a dinar i demaneu un arrosset, com ho veieu? —se'm van il·luminar els ulls i em vaig mirar el pare, que entre tant de peix gairebé l'havia oblidat. Era en un cantó de la cuina, apartat, immergit en el seu joc de passar desapercebut. Feia una cara ben feliç i jo encara em vaig posar més contenta.

—Clar, quedem-nos-hi, si tu vols, reina! —em va dir el pare, amb els ulls que li brillaven.

—Sí, sí, sí, per favor! I podem demanar fideuà? —vaig preguntar, ara adreçant-me al xef.

—Clar, el que vulgueu!

—Fideuà, fideuà! —i l'Alfonso em va dir que sí, que d'acord, mentre em passava les mans pels cabells i em despentinava tota. No ho suportava, però en aquell moment m'hauria pogut arrencar un grapat de cabells que no hauria dit res.

Ens vam asseure en una taula en un raconet i no hi havia ningú que encara era prompte. El sol de fora ens entrava tot ple per una finestra. Ens il·luminava els rostres i pareixia un conte de fades. Ens podríem haver quedat sempre allà, el pare, jo, els peixos i el restaurant, però els somnis només tenen lloc a la nit i nosaltres no podíem tindre un final de conte de Disney, que no en sabíem prou, d'estar sols per sempre més. Em mirava el restaurant per totes bandes, amb decorats marítims que ens transportaven a les històries de pescadors. El meu iaio també va ser pescador però el pare no me'n parla, perquè llavors pensa en la iaia i es posa molt trist. O li agafa aquella cosa que no el deixa respirar, i jo vull que respiri i que puguem fer coses junts.

El silenci que ens defineix es va perllongar fins que vaig sentir que el pare deia que l'Alfonso és el millor xef de la ciutat, i jo, sense pensar-m'ho gaire, encara enlluernada pels decorats, li vaig respondre que algun dia també seria com ell. El pare només somreia i jo vaig confessar-li que l'únic que no m'agradaria era netejar peixos, que havia llegit com es feia en una recepta i em feia una miqueta d'angúnia. Però el pare em va dir que només era l'edat i que em passaria, que els anys curen moltes coses, filla. Llavors el vaig mirar i no ho entenia, perquè el pare també va sumant anys però no es cura, sinó que cada vegada té més i més atacs d'aquells que no suporto. I pensava que potser els anys li sumaven per fora però se li havien assecat per dins, com la mar on ja no podríem tornar.

Aquell mateix vespre, abans que arribés la mare, el pare i jo estàvem llegint al menjador i no ens dèiem res, que no ens feia falta. El pare es va aixecar a buscar un got d'aigua. El vaig resseguir amb els ulls i vaig veure que es deturava davant la porta de la nevera, amb la mà al mànec, a punt d'obrir-la. Es va quedar parat, amb els ulls clavats al calendari i la mà encara al mànec. Es va estar una estona així, fins que en va obrir la porta i en va traure la gerra d'aigua, maldestre. Va intentar abocar-la al got però li va caure pels cantons, que les mans li tremolaven una mica. Va posar les palmes al marbre, s'hi va repenjar i va abaixar el cap. Va girar el rostre cap a mi i vaig fer que no el veia, que estic amb el llibre i no veig el que fas, papa. Va tornar al menjador, es va asseure a la butaca i estava neguitós, mirava aquí i allà i volia parlar però no ho feia. Ja havia entès el que passava però feia que no ho sabia, que m'anirà bé airejar-me, papa. La paraula egoista, egoista, egoista em ressonava per dins, sense aturador. El pare es va alçar i va anar a la finestra. Es va repenjar a l'ampit i va continuar mut de coses que li esclataven per dins.

—Nur, aquest dimecres... he vist que... que és aquest dimecres que marxes de colònies —va aconseguir dir, al final. Com que no deia res, va continuar—. Jo... vull que hi vagis, cuca, però és que... després d'això del cotxe no... no ho sé, no em sento gaire bé, no m'acab... no m'acabo de trobar bé i... encara patiré més i no ho sé, filla, de veritat que no ho sé... —va amagar la cara entre les mans i sabia que s'estava sentint molt malament pel que estava dient, que era el viatge de sisè i ja s'acabava la primària. M'ho vaig pensar una estona però em vaig aixecar i vaig anar al seu costat. El vaig rodejar amb els braços però encara no deia res, egoista, egoista, egoista. Em sentia que em faltaven anys per prendre aquella decisió, i que el meu cos de nena només em deia que hi anés—. Però jo, bonica, jo... no vull fer com ta iaia... jo no... jo no soc així... és una cosa puntual i ja està...

—Com la iaia? Què passa amb la iaia, papa? —i vaig contradir totes les normes sobre les coses de què no es podien parlar perquè em sentia que tenia dret a saber coses de ma iaia. El pare em va mirar amb uns ulls que no ploraven per fora perquè estaven desbocats per dins.

—Ta iaia no... no em deixava anar enlloc, però a mi no m'importava perquè ja m'agradava, quedar-me amb ella. Ella... ella patia molt, si jo marxava, i es posava molt malament —es va estar una estona callat, abatut, i jo vaig estrènyer-li més fort els braços a la cintura. Llavors, va continuar—: Jo volia jugar a futbol. Tothom em deia que era el millor i quan jo jugava doncs... doncs anàvem guanyant, però només podia jugar els partits de casa, perquè no podia... no podia agafar l'autobús per anar als altres pobles. I un dia que el vaig agafar vaig patir tant per la mare que no vaig rendir, només la tenia a ella al cap, filla... I vaig entendre que no, que no podia anar-hi més. Però jo no soc com la iaia, vida... Jo no... és una cosa puntual i ja està, sé que em passarà. Ho sento, ho sento molt, Nur...

De sobte, vam sentir la porta i vam fer per desfer-nos i tornar ràpid als llocs, amb els llibres a les mans i com si res no hagués passat. I no havia dit res però ja ho havíem decidit tot, que m'havia de quedar i ho havia de fer per ell, perquè el pare mai em demanava res i ell no és com la iaia, al cel sia. Que per tu tot val, papa, el meu heroi. I una llumeta que intentava obrir-se camí dins meu i que em deia que no n'estava segura, que li pareixia que hi hauries d'anar si és el que vols fer. Però la vaig emmudir i vaig pensar en la fideuà, l'ollota de caldo i els peixos, i que només era una vegada i que per una vegada no passava res.

—Algun dia us trobaré fent altra cosa que no sigui llegir? —ens va saludar la mare.

***

I els espaguetis que estan boníssims però se'm refreden i el pare que em mira que ja no plora i em pregunta si no t'agraden, filla. Li clavo els ulls per un moment, però abaixo el cap i no dic res, i m'empasso més espaguetis que ja no tenen gust perquè, tot i que ja han passat alguns mesos, no em puc traure del cap les noies pujant a cavall, munyint vaques, elaborant melmelada i fent gimcanes i jocs de nit, i la Meri que en tornar m'ho explica i que quant t'he trobat a faltar, Nur, que encara no entenc per què no has vingut. I em puja el foc al cap, els ulls que em cremen que no sé si no és la ràbia i marxo perquè no em vegis perquè com t'ho dic, papa.

V

A fora plou a bots i barrals i no podem sortir al pati. Fa poc que hem començat l'institut i és difícil trobar lloc al menjador, però no per a nosaltres, que anem amb l'Ada. A la taula de darrere nostre hi ha els nois de segon que no ens podem deixar de mirar, ni nosaltres ni les altres noies. És el grupet dels populars, o així en diem, que juguen a futbol i comencen a traure els músculs. El Quim és entre ells però ell és diferent, ell no fa brega i no molesta els altres. Està ajudant un altre nano amb els deures, i jo em perdo mentre imagino una vida que seria perfecta entre nosaltres. Com si m'hagués llegit el pensament, el Quim aixeca un moment el cap i encreuem les mirades. Astorada, abaixo el rostre i les galtes que em comencen a cremar.

M'adono que tinc els ulls de l'Ada sobre meu, que no sé com ho fa que tot ho clissa, però no diu res. Deu pensar que no fa per mi, com diu la mare, deu riure-se'n per dins, però tampoc és per a ella i ho sap, que és dels pocs que no li fan cas i això l'emprenya especialment. El Quim no és el seu tipus, perquè ella és dels nois que xerren pels descosits i es fan veure, però vol agradar-los a tots. Ser el centre, el sol que brilla. Però ella no brilla per al Quim, i ho sap. El Quim és un misteri fins i tot per a la seua colla i ningú sap quina és la seua estrella. És allà, que els escolta a tots, però ell gairebé mai no obre la boca, i què et deu passar pel cap, Quim.

—Què creieu que li ha dit el Toni, a la Violeta? —pregunta l'Ada.

L'Ada em fa tornar a la realitat, que s'havia quedat deturada entre el Quim i els seus misteris. Agafo el cacaolat que he demanat ben calentet amb totes dues mans per escalfar-me-les. Fa molt fred i un vent que fa feredat. Em miro els arbres de fora, i les fulles que no es mouen perquè ja no n'hi ha, que s'han quedat ben despullats i em pregunto si no deuen sentir el fred. Aquest matí, a classe, el professor de llengua, el Toni, ha fet sortir de classe la Violeta per parlar amb ella en privat.

—Potser ha guanyat el concurs de narrativa —diu la Meri.

—Però no ho hauria dit, llavors? —respon la Lena.

—Ves a saber, és ben estranya... —rebla l'Ada—. De tota manera, tampoc té amb qui celebrar-ho —afegeix, amb una rialla que no té por de mostrar obertament la seua malícia.

Les burles a la Violeta és un dels passatemps preferits de l'Ada que nosaltres acceptem, com qualsevol cosa que faci. No m'agrada fer-ho, pitjor encara, no ho puc suportar, però ho faig. No vull ser diferent, no vull destacar per ser-ho. No en parlo malament, però en ric totes les mofes. També en parlaria malament, si pogués, i jo ho faria per l'Ada, perquè em segueixi acollint al seu costat. Però se'm fa aquell nus de paraules a la gola que ni que vulgui em deixa dir res. Voldria marxar lluny, començar a córrer i no deturar-me, però no faig res, em quedo, escolto, callo, ric i acato. Tan culpable qui en malparla com qui escolta i no mou dit. M'imagino que agafo la mà de la Meri i que volem lluny. Que ens alcem plegades i deixem soles l'Ada i la Lena, aquí us quedeu, a veure qui us suporta, però com es fa, això. No acabo de trobar-m'hi a gust, mai no acabo de trobar-me a gust, però sempre hi soc. Més cap endins que cap enfora. Em miro els arbres i em quedo allà, desabrigats com jo mateixa, com el nom que ja em van donar de naixement. I el fred de fora se'm cola per dins, com si fos tronc, que ja no sé si soc jo o és l'arbre.

—Vau veure, l'altre dia, com mirava l'Òscar? —comenta la Lena.

Riem totes. Jo més alt, inclús. Perquè em sentin, perquè em vegin, ja veus, Ada, que soc aquí i que també ric. La Meri em mira i dibuixa un problema molt complicat amb la cara. Per què rius, em pregunta per dins, però segueixo rient com si res i ella també s'hi uneix.

—Sí, sí, jo també m'hi vaig fixar, estic segura que li va al darrere —confirma la Meri, ara que li he donat el meu permís amb la mirada.

—Au va, noies, què dieu! Però si li agraden les xiques, només cal veure-la! —se'n riu encara més, l'Ada.

I totes riem, de nou, jo més i més fort, que vull sentir-me com la que més. La cara que se'm desfigura de tants riures fingits, que enganyen el que em va per dins. I sé que hauria de dir alguna cosa que no em reveli sospitosa, que em doni una coartada que m'abrigui de la veritat que em vol sortir pels ulls. Torno a clavar la mirada als arbres, que potser ells tenen la resposta. Alguna cosa, va, només he de dir alguna cosa, per petita que sigui. Què, què i què. I els arbres que em parlen del fred, i la paraula fred em surt de la boca, però molt fluixa, gairebé muda. Queda com un xiuxiueig que no sent ningú. Es perd en un riu de mirades. La mirada inquisidora de l'Ada, que se'm clava a les espatlles amb un pes tan fort que em fa acotar-me tota. I tornar-me més i més endins, si és possible, refugiar-me cap al fons de mi mateixa, amb muntons de cortines opaques al davant. On el Quim ja no em veu, ni tampoc la Meri. Ningú, perquè allí, a recer del món, soc invisible.

—I tu, no penses dir res? —em desafia l'Ada, al final, que ja tardava massa.

La Meri que em mira amb urgència i jo que no miro res, dintre meu amb clau i pany i que em deixin estar. I són tantes les coses que voldria dir, que s'amuntonen dintre meu en muntanyes de paraules sense sentit. Tot de lletres que es mouen sense parella de ball, tan incomprensibles que em quedo que no dic res, compassada amb els troncs de fora, despullada i vençuda. I els ulls del Quim que es tornen a posar sobre els meus. Però no és ell, soc jo que m'he quedat encantada damunt d'ell. No em mira a mi sinó que mira a través meu, que jo soc imperceptible i qui em veu, a mi, que ja no se'm pinten ni els colors a les galtes.

—Clar, què has de dir, sempre tan bona, tu —insisteix l'Ada, trencant el silenci on m'he instal·lat.

I quina mania, sempre el mateix comentari. Sempre tan bona, tu. Tan i tan bona. Si sabessis que ara mateix només faig que pensar que millor que no hi fossis, que estaríem millor sense tu, que tot seria millor sense tu. Que tant de bo et passés alguna cosa i desapareguessis del mapa. Que et poso la meua millor cara, però que és la cara més falsa que mai he pogut posar. Si sabessis... si sabessis el que vaig fer a l'Ona. Si ho sabessis potser no pensaries el mateix. Què saps tu què és, ser bona? Què és, ser bona? Creus que és avorrit, ser bona, oi? Es pot ser bona només cap enfora? Es pot ser bona i, alhora, dolenta cap endins? Dolenta de pensament? Tu no ho saps, com soc jo per dins. No ho saps perquè no t'ho mostro, perquè no t'ho sé mostrar ni t'ho vull mostrar, hòstia. I perquè no ho sé ni jo mateixa. Perquè em fa por descobrir-ho, saps, em fa por el que soc, mira què et dic. I enfrontar-m'hi.

Que no et suporto, aquesta és la meua veritat. Que em poso una màscara i ho amago, una altra vegada per temor, per tindre el teu consentiment, sempre els teus bons ulls sobre mi, per ser una mica com tu tot i que odio com ets, mira si soc bona. Que no t'agrada que sigui invisible però ja et convé. Passo desapercebuda i ja et convé, encara que t'agradaria que fos una mica com tu, l'exemple a seguir. El món als teus peus. Però és així: com més petita sigui jo, i les altres com jo, més gran ets tu. Tu cap enfora, jo cap endins. Sempre i sempre. I la Lena que et segueix com un gosset perdut, que si cap aquí que si cap allà, assentint el que assenteixis i negant el que neguis, rient de les mateixes coses, facin gràcia o no. Cap acotat i allà on diguis quan diguis, el teu gos faldiller. Nosaltres, cap endins, darrere teu. Sí, potser ella és una mica com jo, i com la Meri, per què negar-ho. Però em destorba, també em destorba. És una altra com tu, el teu reflex a l'espill. Un braç a la dreta, doncs un braç a la dreta. Menysprear la Violeta, doncs menysprear la Violeta, i no passa res. Què ha de passar? La Lena, que intenta ser com tu però que no en sap prou, i que, a sobre, es creu el seu paper, la ingènua. Una altra que em sobra, que tant de bo no hi fos.

El cap que em crema, ho voldria cridar tot, però no puc, no puc dir-ho ni a la Meri, perquè què en pensaria, de mi. I això que em guarda molts secrets, com el de la Violeta. Ella m'entén i em fa costat, i no em diu res perquè amagui que de vegades la Violeta ve a casa per jugar, i que som com una mena d'amigues. Amb la Meri parlo i parlo, com un torrent, qui ho diria? La Meri també em guarda el secret de l'altra cara, que només surt amb ella, i com m'agrada, aquella Nur per a la Meri. I penso que després li explicaré amb detall i sense fre el que ja sap una mica. Que jo també jugaria a criticar la Violeta, tot i saber-me greu. A la Meri també li sap greu i ho fa. Ella també vol ser com les altres, i no importa si això ens fa dolentes. Però jo no puc, tinc un motiu de pes per no poder-ho fer, i tu ho saps, Meri, que no ho puc fer pel pare. Què diria, ell? Que no soc tan bona i tan avorrida com es pensen, però que no li puc fer això, al pare. El defraudaria. I al pare no, mai.

Que sé que no han parlat del premi literari, amb la Violeta, sinó que el Toni està preocupat per ella perquè sap que pateix bullying, i que no està bé, que fa teràpia perquè li han diagnosticat símptomes de depressió. I jo també li faig bullying, Meri, com tu, com totes. No ho faig bé, sé que no ho faig bé, perquè sé que no està bé i tot i així... Tot i així ho faig. Tot i així faig com si no ens coneguéssim de res i ric les gràcies de l'Ada. Des del silenci. Amb la boca tancada i amb rialles que busquen l'acceptació de l'altra. Però ho he de fer, perquè si explico el que sé, Meri, què dirien. M'apartarien. El meu pare i el pare de la Violeta són bons amics, ja ho saps, i el pare m'ha demanat que estigui pendent d'ella, que li faci costat, que l'ajudi amb el que pugui. I jo només sé ajudar-la amb aquest silenci mut que no va enlloc. Aquesta barrera de protecció que ofega. Com li explico al pare que no puc ser jo si vaig amb ella, com, Meri. Que ser jo, voler ser guai, i anar amb la Violeta no és compatible. No l'hi puc dir. Ell creu que faig les coses bé i no el puc decebre. Al pare no, mai.

I també et diria, Meri, sí, a tu que tinc tantes coses per explicar-te, sense vergonya que siguin massa insignificants, massa poca cosa, que el premi no l'ha guanyat la Violeta perquè l'he guanyat jo. Però no ho vull dir que em fa por, si ja veus que no té cap valor, l'han fet guanyar només per riure's de mi, perquè tothom sàpiga el món que duc per dins, per obrir l'encadenat de tants silencis. L'Ona, el llac i l'ofec gairebé consumat. L'ofec gairebé consumat, el llac i l'Ona.

I alhora sé del cert que no, que ningú té cap interès en mi. Ni per riure-se'n, ni per culpabilitzar-me, ni per a res. Invisible, desapercebuda, petita, una ombra. Un zero a l'esquerra.

Com dir-te que porto dies sense dormir, donant voltes a si renuncio o no, però em preguntaran per què i què hauria de dir, jo, si ja m'han descobert tota. Somio en papers en blanc, en plomes, en pàgines escrites, en textos que destapen grans oprobis. En llacs, en noies que s'ofeguen i d'altres que no fan res. Que s'ho miren i no mouen dit. Somnis encadenats que asfixien. I no dormo. Passen els dies, i no dormo. Ni tampoc parlo, ni ho explico a ningú. Ni a tu, Meri. Un dia, i un altre, i un altre, i mesos i tot, i continuo tenallant-ho dintre meu, només per a mi. El pes lleuger de pensar que ho explicaré, que cridaré qui soc als quatre vents, de la llibertat, de sentir-me ploma. I mentre vaig fent, imaginant el que podria dir i callant una vida massa feixuga, que se'm cruspeix per dins sense fer res per deturar-ho. Que no ho puc tirar endavant, i ja em veig a casa, que el tinc a les mans, el relat, fet miques, fragmentat, com el record, com jo mateixa.

Torno al menjador i m'adono que m'he perdut completament en el pensament. Que rumio massa i no em fa falta, que la meua ment ja és incansable per ella sola. Vius als núvols, segur que han pensat, on eres, però no ve de nou perquè ho han dit tantes vegades que ja no importa. Ni ho pregunten, ja, que és igual, on és que fos. El Quim no és al seu lloc. El veig a la barra, que demana alguna cosa. Moreno de pell, els ulls que ara no veig però que són com la mel, estatura mitjana, els cabells mig rossos. Està fort i és el més llest de la classe, per això va amb els populars tot i que no hi encaixa gaire. Torna amb una coca-cola i fa com una mena de somriure tímid cap a la nostra taula. Miro l'Ada perquè no crec que m'hagi somrigut a mi, i veig que ella també l'està mirant, i que després es gira cap a mi amb una cara ben estranya.

I així, com si res, l'Ada comenta que hi ha una persona que li comença a caure grossa, que li comença a afartar, i que se la vol traure del damunt. I ja està, sentència feta, no diu res més. Totes ens mirem, i jo em miro més endins que mai, furgo el cap, el recés del record, buscant què he pogut fer o dir, si he fet o dit alguna cosa inoportuna. I veig que no sé si he vist que l'Ada s'allunya amb la Lena i li diu una cosa fluixet, molt fluixet, i que després es bolquen cap a mi. Cap a mi i cap a l'altra gent, però és més cap a mi que cap als altres, ho noto, o això em pareix. I ja no m'ho trac del cap, i serà una altra nit d'insomni, de relats, llacs i amigues que et deixen al marge. De soledats que fan mal perquè no es poden compartir.

VI

—El que no entenc, Nur, és per què aquest *és* porta accent i aquest altre no... —em diu la Meri, mentre m'assenyala un exercici del llibre.

—És que t'has de fixar que aquest *és* és un verb, és el verb *ser*, i aquest altre que no s'accentua és un pronom que acompanya el verb, com aquí, veus, *es pentina*, el verb és *pentinar*.

—Bah, de veritat que odio aquest rotllo dels accents diacrítics.

Piquen a la porta i és la mare de la Meri, que trau el cap i tota ella és un gran somriure que li empetiteix els ulls i que sempre té per a la filla i les seues amigues. Ens diu que porta el berenar, i entra amb una safata amb dos gots de suc de taronja que acaba d'esprémer i dos entrepanets de Nutella. La miro com abduïda, com deixa la safata a la taula de l'escriptori sense fer soroll, amb tot de gestos harmoniosos i càlids que no han après a agitar-se, i es gira enriolada cap a nosaltres i deixa anar, amb una veu petita que mai ha cregut necessari alçar el to, que sort que et tenim a tu, Nur, bonica, que si no no sé si ens en sortiríem, amb les llengües.

Tombo el rostre cap a la Meri, després cap a ella, i em quedo pensant en la tria del plural, de la primera persona del plural, que el repàs per a l'examen de català que faig amb la

Meri és com si li fes a ella, que cosa que li passa a la Meri, cosa que li passa a ella, que hi ha un cordó umbilical invisible entre elles que encara no han volgut rompre ni falta que fa. No aconsegueixo respondre-li i torna a marxar, silenciosa que no ens vol molestar més, i ens fa un gest amb el dit assenyalant el menjador, que si necessiteu res soc aquí fora. La Meri ni ho veu que no en fa cas, acostumada com està a ser sempre dins les ninetes de la seua mare, i es queixa que tot allò no li entra al cap amb les mans a la barbeta i els colzes sobre el llibre, que només hauríem de fer educació física, així de fàcil, no creus, Nur.

—Saps jo... jo no soc tan bona com diuen... —deixo anar, de sobte, quan ella es gira cap a mi.

—Què dius, ara, Nur?

—Mira la Violeta...

—Però si tu no li fas res... ja saps que no som nosaltres, Nur —i sé que la Meri ho sap però fa com jo que no ho vol veure, que tot el que fem és precisament el que no fem, tot i que ara això no importa.

—Ja... és que no és això, Meri, és...

—Què et passa, Nur?

—És ma mare... penso que, uffff, penso que estaríem millor sense ella, que... de vegades voldria que es morís, Meri, que es morís... i em sento horrible per pensar-ho, però... però és així, i ho penso una vegada, i una altra, i una altra... —deixo caure els ulls i m'amago rere les mans, que em fa por com puguis reaccionar al que em va per dins, Meri. Reclino més i més endins el cos buscant la llar del caragol que em pugui protegir, i tu em deixes fer que encara no saps què dir, però se t'humitegen els ulls per fer joc amb els meus, em fas estirar, que no em vols veure tota recargolada, i envoltes els teus braços damunt les meues espatlles, i el cap que el deixes caure en una d'elles fent que els teus cabells morens es barregin amb els meus, com molt sovint també els deus mesclar amb els de la teua mare, i em passa pel cap que així de tant en tant també em podries deixar entrar en els seus braços protectors.

—Nur, jo només et conec una cara i és ben bona, amb mi sempre tens aquesta cara, i cap altra —la Meri parla i trenca el silenci intens que s'ha fet—. Mira ara, per exemple, que m'ajudes amb l'examen, com tantes altres vegades, o fins i tot amb l'Ada, que sempre li deixes copiar els deures i no et fa res, que es nota que no et fa res... —i és cert que no em fa res deixar-li els deures, que fins i tot m'agrada que sempre me'ls demani a mi, que això vol dir que creu que els faig bé, que soc la que els faig millor de totes, però tu només em coneixes la cara que deixo veure, Meri, no la que em guardo per a mi. I vull pensar que tu també en tens, de cares amagades, perquè tothom en té, tothom té secrets, per dins, oi que sí, però no t'ho pregunto que no sabria com fer-ho.

—Meri... si l'Ada es cansés de mi i em volgués apartar, tu... tu continuaries sent amiga meua?

—A què ve, això, ara, Nur? Trobo que avui estàs una mica paranoica —fa una cara estranya, amb les celles apujades, i em deixa anar per tornar al llibre.

—Ja ho vas sentir, l'altre dia, al menjador, que s'havia afartat d'algú o ves a saber què...

—Sí, però ja la coneixes, a saber de què parlava, no hi donis importància i trau-t'ho del cap, que només són paranoies, de veritat.

—D'acord, però tu, en cas que passés alguna cosa així, continuaries al meu costat? —insisteixo, perquè necessito un sí que m'ompli d'aire pur, que em permeti esmunyir el tema i crear nous espais buits al cap per omplir fins dalt—.

Només digues-m'ho... Au va, digues-m'ho... —persisteixo, obstinada.

I fas un sí tan diminut que dibuixa un no, per la por que irradia l'Ada, perquè som unes súbdites absorbides del seu regnat. Com se li porta, la contrària, a l'Ada? Ens quedaríem soles, només tu i jo, i què faríem. Ningú més se'ns podria apropar, què faríem? I jo que et voldria dir que no necessito res més que tu i jo, perquè amb tu puc ser i jo vull ser per sempre sense témer ser-ho. Però miro el rellotge que ja és tard i he de tirar cap a casa, et dic. M'alço, recullo les meues coses i em dius que m'esperi. M'abraces, i és una abraçada que té gust de penediment, per no poder-m'ho deixar més clar, i jo em quedo parada i em deixo fer, però no te la sé retornar.

Surto de casa teua amb un somriure de la teua mare que ho il·lumina tot, i segueixo encaboriada tot el camí fins a casa. El sí camuflat que no em puc creure, l'Ada, la paranoia, i què dec haver fet, si anava per mi, és que segur que anava per mi i ara què faré jo sense amigues si ni tan sols la Meri ho continuaria sent, sola i culpable, i vull sortir d'aquí. Però com se surt del cap quan forma part de tu i et capitaneja, quan és tan insistent, quan dona tantes voltes i tants tombs, quan tot s'ho pregunta i tot ho vol entendre, quan busca i analitza tots els detalls, totes les vessants, totes les pistes, tot, tot, tot, sense descans. Sense adonar-me'n, amb la vida que se m'escola per dins, soc davant del bloc de pisos. Hauria de trobar el pare, ara, a casa. M'he proposat dir-li que li vull explicar una cosa que em trau el son i que no puc més. I que li he de dir perquè ho necessito, perquè explotaré, perquè ell és ell, i tu m'entendràs. Mentre dissenyo dins el cap el guió que seguiré, com dir-ho per no fer-lo patir massa, que ell sol ja és un pou de patiment, entro a l'ascensor.

Davant la porta, sento el crit. Els crits. Estridents, desesperats, udol d'animal. I és el pare perquè és la veu del pare i no pot ser ningú més. El pare. Sol. Al pis. Els crits. La veu portada al límit del cos. Passen deu, trenta, cinquanta segons. Un minut, no ho sé, i no sé fer altra cosa que quedar-me parada. Paralitzada amb tot de foscor al voltant. I de cop, el soroll que ho frena tot i que ho tremola tot. El soroll de la caiguda i del final. Ja no hi ha crits i tinc el cos paralitzat, de dalt a baix, amb un esclat de llum bullent i punteguda, com una espasa, que em recorre el cos sencer i es ferma entre el pit i l'estómac. I no em puc moure ni cridar. Les cames em fallen i deixo caure el cos de granit, l'esquena repenjada contra la porta del pis, fins al terra. Tot és obscur, dins meu, fora meu, la cremor de l'estómac, que no deixa pensar, només sentir. I el que sento és por, una por abrasadora que no entén de millors decisions, que s'aferra a tu mentre tu et sents subjugada a ella amb totalitat, sense cap altre horitzó possible. Ho detura tot, la ment, el respir i la lluita per salvar-se. I no puc entrar, no puc veure què ha passat perquè hi ha aquesta por, la debilitat i el dolor, i és ell, mon pare. I podria obrir la porta però no puc, podria traure el mòbil i trucar però no puc, podria cridar però no puc, no puc fer res, no em puc aixecar, no puc caminar, no puc parlar i el cap que em bull. La Pepita que obre la porta del davant i surt esverada, que què passa, què eren aquells crits, que era al bany i no he pogut sortir més ràpid. Filla, mou-te, que què tens. Que crec que era el teu pare, que què ha passat. Que va, filla, respon. Deixa-m'hi entrar, ai déu meu, ai déu meu. La miro horripilada però no puc dir res, i ella torna a casa apressada, truca a la mare perquè vingui i agafa el joc de claus que ens guarda.

—Ta mare diu que ara ve, que segur que és un altre atac, res més, un atac, els nervis, l'ansietat, res més, filla, no et preocupis abans d'hora —quequeja la Pepita mentre obre la porta, maldestra, agitada. Un altre episodi com molts n'hem viscut, però més gros, molt gros, cada vegada més, i què vindrà, després? No vull i no puc pensar en línia ascendent perquè m'esgarrifa el que podria vindre. I torna la pressió a l'estómac i l'espasa bullent que em recorre tota, sense alè ni respir. Serrar fort els cinc sentits, vèncer la foscor i tornar al present. I la Pepita que ja és amb el pare, que la bogeria l'ha fet desmaiar. I jo encara a la porta, que m'ho miro tot, acollonida, i la mare que arriba i jo que em pregunto que on eres, abans? Però no puc pensar-ho perquè jo també hi era que no hi era, abans.

Les claus, les claus... repeteix el pare, desorientat, amb la mà a la part esquerra del cap, on ha impactat el cop que ho ha estremit tot. Que on són les claus, insisteix. I què importen, les claus. Que què t'ha passat, que què tens, que quan et curaràs, que m'horroritza pensar el que et pugui passar, que et vull sa i bo, sempre al meu costat per viure les nostres mil batalles, forts com roures, dic sense dir i sense descans. I que on són les claus perquè s'ha vist sol i tancat a casa sense trobar-les, que li ha agafat l'ofec i no sabia què fer, desesperat per sentir-se un pres de casa seua, que ha mirat pel balcó però ho ha vist massa alt, que s'ha aterrit i encara s'ha desesperat més, que ha perdut el nord, que els propis crits l'han atribolat encara més, que era ell sense ser-ho, com un posseït, que tremolava tot, de cap a peus, i el puny al pit, i la por que no el deixa viure.

La mare que surt apressada de la cuina amb la beguda ataronjada dels dimonis, i el pare que es posa a remenar per la butxaca. No, que li diu la mare, ja te les he posat dins, i li dona el got. M'ho miro tot però no hi soc gaire, que el cap em balla, amb records de la Mar, l'Ona i la tia, que sort que no vivim al mateix poble i no ens veiem gaire, que soc una desequilibrada que a saber què és capaç de fer, boja com està i malvada com és. No ho diuen però hi ha coses que no cal dir-les per entendre-les. La mare i la tia que es distancien, la mare que s'allunya encara més de mi, i jo que basteixo una vida amb el pare. Perquè allí hi ha el pare, sempre sol·lícit, sempre pendent de mi, sempre que no em falti de res i que sigui feliç. Que em para l'orella i m'escolta sense necessitat de parlar, i que parlem sense paraules perquè és el nostre codi i ningú més hi pot entrar. I no fa falta obrir la boca que ja ens ho entenem tot, amb els gestos, amb la mirada, amb els anhels, amb les temors. A la nostra platja on ja no anem sense res més que nosaltres i la nostra joia. El nostre secret de sal. Que ho soc tot per a ell, i m'agrada de ser-ho. Només jo, de manera egoista. Perquè sé que ha d'obrir el camp de batalla i viure més enllà de mi, de nosaltres, de la casa, i de la nostra mar. Però el pare no en sap més, i jo tampoc, que no ens han ensenyat de mostrar-nos al món, i qui en sap? I la mare que és allà però que no hi és, per a nosaltres, que no ens protegeix i és que tampoc no vull que ho faci. Vull que estiguem sols, nosaltres i la nostra lluita, que al bàndol dels dèbils també podem vèncer els pitjors gegants i abastir les muntanyes més inaccessibles. Que la mare ja ha après d'abandonar-nos, tan prompte com es va reconciliar amb la tia i va decidir passar tots els dissabtes al vespre i els diumenges amb ella i les nebodes estimades, o això em vas explicar, papa.

Trac el mòbil encara amb les mans que em tremolen força i torno a llegir el missatge que vaig rebre un diumenge al matí de finals d'estiu, que em torna i em retorna a tothora: «Anem a la platja amb ta mare. Ah, clar, tu no pots vindre que ets un perill, quasi que me n'oblido!», em va enviar la

Mar. «Vigila no t'ofeguis», que li vaig respondre jo, prement amb força les tecles, furiosa, mentre pensava, per dins, que tota per a vosaltres, que jo em quedo amb el pare, el meu home-nen. I no sé quantes vegades dec haver llegit aquell missatge.

VII

La mare camina davant meu tota decidida, cap alt i camí endavant. Jo només miro a totes bandes, que no vull que em vegin els companys de classe. No ens diem res en tot el recorregut, que les dues sabem on anem i què busquem, tot i que a mi no m'agrada gens d'anar-hi, i menys per comprar. Comencen a inundar-nos tot de parades de roba a banda i banda, gent amuntegada, venedors que canten les rebaixes del dia i quina vergonya. Em barrejo entre la gent amb el cap abaixat, i no apujo la mirada per si de cas. Em voldria fondre però segueixo avançant seguint els peus de la mare. Necessito un xandall nou i unes vambes, i la norma de la mare és que els xandalls i les vambes s'han de comprar al mercat perquè encara creixes ràpid i tampoc cal malgastar els diners. Però ja tinc la regla i no creixo, encara que la mare això no ho vol entendre. Soc jo i li agrada veure'm patir, punt i final. L'únic que em creix són els grans de la cara, que de vegades, de tan grossos, em fa vergonya anar a l'institut, però igualment hi vaig i no sé on posar la cara. Se m'han reduït els muscles i la panxa i m'han sortit els pits, que les camisetes amples no aconsegueixen amagar. Però als nois els agraden, els pits, i per això a mi també m'agraden, tot i que de vegades emprenyen i te'ls volen tocar. O te'ls toquen i no ha passat res.

I el cul, i tot, i què ha de passar. El cos ara m'és amic, lleuger com el de la mare, o com el del pare des que no està gaire fi, i tot m'està bé i m'agrada el que veig a l'espill, menys els grans de la cara i la roba que em compra al mercat. De diners no anem malament i ho sé, però a la mare li agrada la paraula estalviar. A mi no em valen les excuses però què hi puc fer.

Ens aturem en una de les parades i la mare em diu que triï un xandall. M'agafa com un espant fora mida que em vegin allà remenant roba, el cos no em funciona però amb el cap faig que no. Què dirien, a la meua classe de segon d'ESO. Què dirien, a tot l'institut. I ja m'imagino els cartells penjats de la Nur compra la roba al mercat. Molt bé, diu la mare, i ella mateixa estira un xandall qualsevol sense mirar-se'l tampoc, que gairebé sempre és de color blau marí, i no dels colors guais que porta l'Ada. Paga i caminem fins a una parada de vambes, mentre jo l'odio intensament per dins.

—Ja pots dir missa que te les compraré igual, i te les posaràs —sentencia la mare sense ni tan sols mirar-me, impassible a tot allò que em pugui perjudicar.

N'agafa unes de blanques que porten incrustades, als laterals posteriors, la marca de les sabatilles en negre, que és una marca de sabates que només es poden trobar al mercat, perquè tothom sàpiga d'on són les sabates que duc. Em revolto tota i faig que no, que no, que no, esverada. I salto i m'enrabio i insisteixo que no, faig cops amb els peus contra el terra, i que no, que no me les penso posar. La gent que ens mira, la mare que les paga i no m'ho puc creure.

—Te les posaràs tu perquè jo no me les penso posar! —li dic, ben rabiosa.

—Si no t'haguessis posat d'aquesta manera les hauries pogut triar tu, però és que ets tan.... tan... arggg, deixem-ho perquè... —deixa la frase sense acabar per no dir el que ja sé, que no cal que t'amaguis, però no quedaria gens bé que ho digués, i ella és d'impostar una altra cara davant dels altres i que no s'esborri el somriure.

—No en vull més, de roba del mercat! Mai més! —continuo jo, tot i saber que no servirà de res, però és que no em puc callar que l'estómac em fa mal de tot el que em va per dins.

—Mentre et compri jo la roba serà d'aquí, i si no ves amb el teu pare, però a veure com t'ho fas perquè ell saps que no pot entrar a les botigues, ja saps com es posa, i més si hi ha gent... —i encara em fa més ràbia que anomeni el pare, ell que és tan bo amb mi—. Però mira, per queixar-te, a partir d'ara no seran només els xandalls i les vambes, també et compraré aquí els texans, les samarretes, les faldes i tot. I fins que no t'ho puguis comprar tota sola t'apanyes així, em sents? És que no entenc... no entenc com pots ser tan insuportable —i ara sí que ho diu, com si res, encara amb aquell somriure fingit que no s'adona de com li queda de malament. No dic res, la deixo fer, la bola a l'estómac que es fa gran i més gran i per dins que tot em crema.

Arribem a casa encara sense dirigir-nos la paraula, com si fóssim dues desconegudes, i és que sí que ho som, una mica, que ninguna vol revelar-se davant de l'altra. La mare deixa la bossa de plàstic blanca a la taula del menjador, tan insípida com la roba que porta a dins. Allà la deixo i no la vull ni tocar, que em cremen els ulls només de mirar-la. Cuca, a la teua habitació hi ha la Violeta, recordes que avui havia de vindre?, que em diu el pare. I no ho recordava i tampoc no en tinc gens de ganes, de veure-la, ni a ella ni a ningú. Però faig un somriure tort i vaig cap a l'habitació. Normalment, m'agrada jugar amb la Violeta, perquè puc fer el que habitualment no faig, manar i que em facin cas, parlar i que m'escoltin, dir el que pot i el que no pot fer, i sentir-me que estic per dalt d'algú, quan mai ho estic. Passo pel seu costat gairebé sense mirar-la i em poso a l'ordinador, a jugar als Sims. Ella agafa una cadira i es posa darrere meu, i només mira les vides perfectes que construeixo perquè no mou un dit ni obre la boca. Ja en té prou de veure'm jugar, pobreta. I jo que poso la contrasenya que m'omple de diners, una i altra vegada, per poder tindre la roba i els objectes que se'm neguen a la realitat. Fins que em canso de jugar i de les vides que no poden ser i li dic que s'hi posi una estona, que vaig a prendre alguna cosa.

M'encamino pensativa cap a la cuina, que em sento fatal per com tracto la Violeta, però no ho sé evitar i no em surt fer-ho d'una altra manera, perquè m'agrada passar-li per sobre ja que no té amics i jo l'hi soc, una mica. Poso cacau al got de llet, i m'adono que no li he preguntat ni si volia alguna cosa. Trac un altre got i, de l'altra estança, m'arriben xiuxiuejos dels pares, que no m'han degut sentir. Deixo estar el que estic fent i, sense fer soroll, m'arrimo a la porta. El pare que està abraçant la mare i jo que no em puc creure el que veuen els meus ulls. La mare que està mig plorant i no pot ser, no pot ser que li hagi afectat el que ha passat abans, i encara menys que el pare l'abraci, que el pare només m'abraça a mi. No entenc res i em puja rojor a la cara, premo les dents amb força i em faig mal de tant de prémer. Repeteixen un nom, Pep, Pep, Pep, i qui és aquest Pep que fa plorar la mare i que el pare la prengui als braços.

Arremeto una de les tasses contra el terra, entro al menjador amb els peus que se'm claven fort a les rajoles, els pares que se separen ràpid i em miren descol·locats, jo que els llanço el foc que tinc als ulls, agafo d'una embranzida la bossa insípida amb roba encara més insulsa i torno a l'habitació sense dir ni mu. La Violeta està plantada al mig de l'habitació que no entén què ha passat però tampoc no ho pregunta, que li tremola una mica el llavi. Li crido que marxi, que em deixi en pau, i no ho dic però penso que tant de bo fossis la Meri, que ella sabria què fer, i que ella no em fa passar vergonya. La Violeta em posa ulls de gosset degollat i fa per marxar, quan li afegeixo que recordi de no dir a ningú que has estat aquí, em sents, a ningú.

Trac les vambes de la bossa, agafo el permanent negre i començo a pintar abduïda sobre la marca del mercat dels laterals, negre, ben negre, una vegada i una altra, fins que no es vegi res i tot sigui una taca ben negra, unes vambes insalvables. Les trac fora encara amb les gambades que volen trencar el terra i les planto a la cara de la mare. La mare s'ho mira, encara amb els ulls mig humits, se li obre molt la boca i no pot dir altra cosa que molt bé, aniràs així a l'institut i seràs la riallota de tothom, i a mi m'importarà un rave. Ho diu ben tranquil·la, com si res, com si jo no fos ningú.

—Saps què et dic, que estaríem millor sense tu, que podries marxar per sempre i deixar-nos en pau! —se m'escapa, mentre la mare posa uns ulls com unes taronges. El pare es queda ben parat i tampoc fa res quan la mare em planta una mà en tota la galta. Surto de casa i començo a córrer, córrer i córrer, que els odio, els odio a tots dos, i no vull quedar més amb la Violeta, i no puc més i que tot es deturi. Passo per davant de casa la Meri encara amb els peus en marxa, i ella que dona voltes amb els seus patins, que no se'ls trauria mai. Em veu i s'uneix a la meua cursa, ella amb els patins, jo amb les cames. Al cap d'una estona que no sabem el temps que ha passat parem que no podem més, doblego el cos cap als genolls i intento agafar tot l'aire que pugui. Després, desfem el camí fins a casa d'ella, que encara no em pregunta res. Un cop a la casa, esclato en un plor que no s'atura, i ella que m'abraça amb els braços i recolza el seu cap a la meua espatlla, fins que em passa i començo a parlar. L'hi conto tot el que li puc contar, en un remolí de paraules, i sopo allà, dormo allà, i vull quedar-me allà per sempre i que ningú em reclami.

Però no aconsegueixo agafar el son, amb la galta que encara em cou, i els pares que no s'han degut ni preocupar per mi. I el pare que què deu estar fent, que potser pensa en mi i potser s'ha trobat malament. Però m'és igual i que pateixi una mica, que avui s'ho mereix, a més que segur que la mare de la Meri els ha avisat. Després d'unes quantes voltes al llit trac el mòbil, obro els missatges i escric «'Qui és el Pep?', i la Mar que no tarda a respondre'm 'Un nen ben bufó i ben petit que va tindre mala sort.' 'Pots ser menys enigmàtica, per favor?', que li contesto jo, i ella que sempre sap cap on tombar la conversa perquè em dolgui: 'Pregunta per una altra banda, reina. A ta mare? Ah no, si no us enteneu'», i aquí s'acaba tot, i no dormo, i la Meri que és un niu de son, i jo que voldria entrar a la seua pell morena i convertir-m'hi.

VIII

No puc deixar de mirar-lo, i estic segura que se n'adonen però m'és igual. Juga al mig del camp i és la ment ordenada de l'equip. Ara té la pilota als peus i la condueix com si dansés. Avança i avança, i la passa a un company que no té sort i la llança fora de porteria. Es lamenten entre rialles, es toquen els cabells molls i una altra vegada serà. No entenc com poden dir que el futbol és un joc de salvatges, perquè quan el Quim es mou amb la pilota hi apareix una pista de ball, corbates i vestits d'etiqueta, i que no em diguin el contrari. Em quedo així, i m'imagino que després el Quim se m'acostarà tot suat i em preguntarà si m'ha agradat el partit. I jo que no podré dir res, només admirar els seus ulls de mel, més brillants que mai, i esperar que em convidi a anar amb ell pel món.

La Meri em dona un cop amb el colze, que m'ha sortit una rialleta estúpida al rostre i ja deu entendre que és pel Quim i els meus somnis impossibles. Ella es fa creus del món que tinc al cap i sempre vol que li expliqui totes les històries que em van per dins. Però avui és ella qui m'allarga una noteta i vol que la llegeixi, tot en silenci, que no cal que se n'adoni ningú més. Crec que m'agrada el Marc, que em diu la noteta. I jo no miro la Meri sinó que busco el Marc, que comparteix pista amb el Quim, i sento gelosia que em pugui robar la meua amiga, que em tragui temps que podria passar amb ella, que el prefereixi i em deixi de banda, o què sé jo. Però m'esborro el pensament del cap i faig un somriure a la Meri, que per tu serà fàcil, si ets més bonica que la Pocahontas, que li dic per dins.

—El que hagueu de dir també ens ho podeu dir a nosaltres —i és l'Ada que ens mira i ens estaborneix amb la mirada, amb aquella cara que diu que no podem fer res si no passa abans per ella, i que ja ho sabeu i no sé què esteu fent. La Meri abaixa molt el cap i sento que es vol amagar del món, i maleeixo l'Ada per incomodar la meua amiga i per no deixar-nos tranquil·les, que nosaltres també tenim els nostres secrets i tu t'aguantes, que no saps la meitat del que et creus.

—És que... res... que trobo que m'agrada el Marc —diu la Meri, avergonyida, mentre jo per dins em sento dir que no, no, no, no ho diguis, dona, i deixa-la estar, deixem-la estar per sempre i fugim d'aquí.

La Lena estreny les celles, amb els ulls sobtadament empetitits i enfonsats. M'adono que vol dir alguna cosa però es repensa i espera que l'Ada parli primer, no sigui cas que no encerti el que vulgui dir l'altra. Tot i això, l'Ada, com la Meri i com jo, es detura a mirar bé el Marc, de dalt a baix, que també fa 3r d'ESO tot i que no va a la nostra classe i no el coneixem prou.

—Ahhh, mira tu, t'ho tenies ben amagadet. Doncs no t'has de preocupar de res que aquest noi està ben penjat per tu, no veus que et mira a totes hores? —comenta l'Ada, i es posa a riure i vinga a riure. I és que li encanta ser la nostra Celestina i apanyar-nos les relacions amb qui vulgui i com li convingui. La maleeixo encara més, per donar corda a la Meri, per voler-la apartar de mi, per fer-la pensar en un noi que l'allunyarà de mi, per voler que tot vagi a la meua contra perquè no cal dir que li organitzarà una cita i què faré, jo—. Ja t'ho vaig dir, Lena, que aquest noi te l'havies de traure del cap, que estava per una altra... —continua l'Ada, i la Meri i jo que ens mirem i no ens creiem el que sentim, però que en el fons ens alegrem, o almenys jo, de fer una miqueta de mal al gosset faldiller de l'Ada. La Lena que té la cara desencaixada i surt corrents, i l'Ada que diu que ja li passarà, mentre comença a concebre el pla romàntic que seguiran amb la Meri.

Em deixen al marge i no ho puc sofrir, fins que m'alço i els dic que he de marxar, tot i que és dissabte a la tarda i no tinc res a fer fins que no marxi la mare, i voldria seguir veient el partit, seguir veient el Quim, fins al final, però tot m'abrasa per dins i no ho aguanto i els ulls de l'Ada que els sento clavats a la meua esquena quan ja he donat la volta i he engegat camí. I no sé on és que vaig i només penso que no us vull deixar soles, que la Meri no pot estar sola amb la Celestina, que només ho pot estar amb mi, i què faré ara quan arribi el Marc i la prengui tota. I el Quim que és al camp i no s'adona que jo soc allí per tu, que només m'has de dir alguna cosa i ho deixo tot. El Quim i jo, la Meri i el Marc, i potser tampoc no està tan malament, el món als nostres peus.

Perdo el temps pels carrers sense destí ara que ja ha arribat la primavera i no fa gaire fred. Al final, cansada de caminar, de no tindre res a fer, cansada també de mi mateixa, entro en una botigueta, em compro tot de llaminadures de maduixes, n'omplo tota una bosseta, i me les poso totes a la boca, fins a fer una pasta sòlida i roja que no em puc empassar i em pareix que em vull ofegar però ho escupo, tusso i m'assec a un banc, que no entenc què estic fent. Respiro pausadament i em trac el llibre de la bossa a veure si puc llegir una mica, però la història de l'Anna Frank i les seues lamentacions per tot plegat se'm fan pesades i no m'ajuden. I tampoc l'entenc, perquè a mi m'agradaria quedar-me tancada per molt de temps només amb el Quim, o només amb la Meri, o només amb el pare quan està bo, i l'Anna del llibre no s'hauria de queixar si està entre els que estima. Però penso en la guerra de fora i els alemanys malvats, i em sento molt dolenta i em dono cops al cap per les idees que em passen per dins, que no sé mai com deturar-la, la meua ment.

Em quedo entre pensaments sense sentit fins que calculo que la mare ja s'ha degut arreglar i ha degut marxar allà on no som nosaltres. Enfilo camí a casa i em noto que torno a estar engrescada, que el pare m'ha promès que aniríem a sopar a la pizzeria que tant m'agrada, i ara feia mils que no hi anàvem. Camino mentre penso en el que demanaré, que després m'estic una hora per triar i tot i així no me n'acabo de sortir. Tortel·linis farcits de pera i gorgonzola amb salsa de pesto o els altres que porten foie i ceba caramel·litzada amb salsa de bolets trufada. O simplement unes tallarines amb pesto o amb tòfona. Potser els primers, que són més elaborats, i els altres són més fàcils de fer-los nosaltres. Potser demà, amb el pare, podem cuinar les tallarines, sí, ja l'hi diré, i avui em decanto pels tortel·linis, però quins dels dos. A la porta, el pare ja m'espera, que s'ha fet fosc, i a ell li agrada anar promptet, a sopar, i arribar promptet a casa. S'ha canviat de roba, s'ha afaitat i s'ha perfumat, i jo que l'hi agraeixo amb una abraçada.

—Com ha anat el partit? —em pregunta, quan ja ens dirigim al restaurant.

—Bé, prou bé, però no hem vist com ha acabat perquè hem anat a comprar llaminadures —menteixo una mica, que només hi he anat jo però ell no cal que ho sàpiga.

—Aquest matí ha vingut aquell noi que juga a l'equip de futbol, a la papereria, el de l'Anna —i giro el cap perquè no vull que em vegi els colors de la cara—. Només mirava cap al despatxet, però res, al final ha pagat el llibre i ha marxat. No ho sé, potser et buscava... que sou amics? —em quedo que no puc dir res, encara acalorada, i estic contenta que no m'ho crec que em busqués però a la vegada que no sé què m'estic empatollant, que hi devia mirar per alguna altra cosa però no per mi, que soc estúpida.

—No... no, ens veiem per l'institut però no, no som amics —que dic al final, barbotejant una mica. I potser és que el pare em nota inquieta que ja no diu res més, i jo tampoc, i així que gairebé ja arribem a la pizzeria, cadascú ment endins, amb les seues coses. I és llavors que li pregunto, com qui no vol la cosa:

—Papa, quan vas començar amb la mama, vas deixar de banda els teus amics?

—Ai, filla, quines preguntes que em fas. És que jo... jo no en tenia gaires, d'amics —em respon, una mica avergonyit.

—Què dius, papa, si en devies tindre un munt, tu! —que no em vull creure el que diu.

—Ai, nena, és que ta iaia no em deixava sortir gaire, ja t'ho vaig explicar una mica... —em diu, amb els ulls tristos, i jo que em sento ben rabiosa amb l'àvia que no vaig conèixer, i que va deixar el pare sense amics, només per a ella.

—Ja... però és que no ho entenc, per què no et deixava sortir?

—És que, a veure, jo era fill únic, i no sé com dir-t'ho, però ta iaia m'estimava molt, molt, massa i tot, i jo també a ella, i ella patia massa, si marxava amb els amics, no ho sé, filla, és complicat.

—I què vols dir, que no sorties mai? —pregunto, incrèdula.

—Sí, a veure, de vegades sí, què podia fer? Però és que... es posava tan malament, quan sortia... Em feia temor que li passés alguna cosa. I al final, ja veus...

—Al final, què? Què vols dir? I què deia, el iaio? —faig una allau de preguntes perquè el pare mai no en parla, d'això, i jo ho vull saber tot, i vull anar a veure el iaio però el pare no pot, que està lluny, i com que ell no pot, jo tampoc. Que, ben mirat, tampoc no hi anava gairebé mai, quan encara conduïa.

—Mon pare... no ho veia gaire bé, justament per això es va allunyar una mica de nosaltres. No ho podia suportar, i jo no el vaig saber entendre... —el pare esquiva les primeres preguntes i jo hi vull insistir, però m'explica coses del iaio que no conec i no sé què preguntar perquè vull saber moltes coses més, que ja m'he esperat massa, a preguntar-li pels iaios. Que el iaio encara viu i és en una residència al poble del pare, i totes les meues amigues tenen iaios que les aixopluguen i jo també en vull tindre, que és l'únic iaio que tinc i vull sentir que soc la seua neta.

I ja som davant de la pizzeria i ni me n'he adonat, que el cap em va a mil i no sé cap on encaminar-lo, fins que em giro i de cop tot es detura. Tot el defora del restaurant és de vidre, i em quedo mirant dins que no em puc creure el que estic veient, i em frego els ulls, una vegada, i dues, i tres, i tot continua igual. Miro el pare i ell que apuja les espatlles que no entén què està passant, que què tens, bonica. Moc el cap en direcció al menjador de la pizzeria, el pare que ressegueix els meus ulls i arriba a la taula on la mare està asseguda amb un home que no sé qui és, i què està passant i qui és aquell home, papa. I de sobte que em ve al cap la Mar, i el missatge que em va enviar farà pocs mesos, «Amb qui passa els dissabtes a la nit ta mare? Perquè aquí no hi és», i la meua resposta ràpida, que feia «Millor per a vosaltres» i punt i final. No hi vaig donar importància, perquè i a mi què, el que fa la mare, vaig pensar, i el pare que deia que si no s'està amb la tia potser s'està amb una altra amiga, i ja ho trobava bé, que no volia fer de la mare el nostre tema de conversa, quan estàvem sols. Que ella faci la seua, que nosaltres farem la nostra.

Però aquell altre home que passa una mà per la galta de la mare, amb tota la delicadesa del món, i ella que es desfà tota entendrida, i tot que em cau a sobre i el pare que no mou un dit. I la mare que és com un gatet afectuós, que ja no crida, i qui és aquell home, i qui és aquella dona que no és com la mare. I és que no m'ho puc creure, no puc, no puc, i a més aquí, tan a prop de casa, que es deu pensar que el pare i jo no fem res, que no sortim perquè com que ell no està bé, però ves per on que també ens divertim, nosaltres, que sí que sortim i t'hem pillat, i marxa amb aquest home, si tant t'agrada, i deixa'ns en pau, que ets una meuca, mira què et dic.

—Papa, ei, papa, però que ho estàs veient?! Papa, papa, per què no fas res?! Qui és aquell home?! Qui és?! —pregunto al pare que no puc parar, que ni s'immuta i no ho entenc, que estic ben rabiosa i no em puc aguantar. I faig intenció d'entrar a fer ves a saber què però el pare m'agafa de la jaqueta.

—Espera, espera, no pots entrar, Nur! Aquell home és... és... jo ja sé qui és, filla, jo ja sé que existeix, aquest home, i ho he... ho he acceptat, que jo no estic bé i la mare necessita... —però no el deixo acabar que no el vull ni sentir, i el foc que em torna al cos i se m'instal·la al pit. Em desfaig d'ell amb una empenta, entro al restaurant amb un cop de porta, vaig a la taula de la mare que tothom em mira, ella que s'alça ben sorpresa i jo que li planto la bufetada que ella ja m'ha donat més d'una vegada. I torno corrent a casa, roent per dins, sense mirar enrere, sense saber què ha fet el pare, sense voler saber res de res ni de ningú.

IX

La Meri amb la bici és un coet, com amb els patins i com amb tot, perquè no té temor de res. No té por de caure que ja veus, només em faria una miqueta de mal i què passa, es cura i a tornar a començar. I jo que sempre vaig darrere d'ella que no vull córrer tant, sempre amb tota la cautela del món, no sigui cas que. Del terra no passaràs, que sempre diu ella, rient entre dents, i jo que assenteixo i l'envejo per dins, per tot el que ella és i que jo no puc ser, que soc una cagada i no puc fer altra cosa. Però avui sí que corro una miqueta més, només una miqueta més, que estic contenta i així és més fàcil deixar-se portar. I penso que quan saltava a la corda sí que anava ràpid, més ràpid que ningú i no m'importava el que em pogués passar, perquè sabia perfectament el que havia de fer per no entrebancar-me i gairebé mai m'entrebancava, que era com si ja hagués nascut saltant, Nur la saltadora. Però ja l'he deixat al calaix dels joguets d'un altre temps, la corda, i només salto a casa, quan ningú em veu, que què dirien, si no. I ja en són prou, de coses que diuen, sobre mi, encara que avui no m'importa res del que em puguin dir, que la vida s'ha fet de colors.

La Meri deixa la bici i en baixa d'un salt, quan encara està en marxa, i penso que està boja i que qualsevol dia es farà mal de veritat. M'ha portat a la placeta del banquet, una plaça molt petitona on només hi ha un banc, per a parelles enamorades o per a nosaltres quan ens hem de dir coses que no ha de sentir ningú més. Entenc que la Meri em vol dir alguna cosa important i no sé per què però em poso nerviosa, i em pega per riure que semblo beneita, que no sé si ric per la Meri o per la perduda del Quim. Ens asseiem al banquet dels romàntics, reprenem l'alè i exagerem el cansament que portem a sobre que ens encanta fer-ho. La veritat és que estem ben xopes, que tot i que l'estiu ja s'ha acabat, encara fa calor, i penso que és un goig, començar el diumenge així. No dic res i només la miro, que espero que comenci a parlar.

—És que... t'he de dir una cosa... —li faig un moviment amb les celles perquè continuï, tot i que ja veig que li fa vergonya, explicar el que hagi d'explicar—. Ahir... vaig tocar-li allò al Marc —i assenyala les meues parts íntimes amb el dit índex.

—Li vas fer una palleta? —li dic jo, envejosa que ja faci coses que jo encara no albiro ni a l'horitzó.

—Bé, sí... no sé si ho vaig fer prou bé però trobo que li va agradar, perquè li va sortir el líquid blanc, saps? —i ara fa un somriure petit, encara amb la timidesa al rostre. I jo em quedo pensant que la Meri sap perfectament què és aquell líquid, sap com es diu el moviment de tocar la cosa i sap com es diu la cosa, però no s'atreveix a posar les paraules del diccionari. Que la valentia de la bici la perd amb les paraules, i que no li cal ser tan pulcra, que és ella qui ja ha tocat un penis i ha vist el semen, no jo. Que ja hem començat 4t d'ESO i som prou grans com per anar amb estupideses, i que soc jo qui va tard, com amb tot, que encara he d'assajar els petons amb llengua a l'espill.

—L'Ada em va dir que si li va sortir el líquid és que ho vaig fer bé, per això ho dic... —i torna amb el somriure ximple impregnat de timidesa.

—Com? L'Ada? Has dit l'Ada? Va, no em diguis que també estava per allà i que en va fer el primer tast, com quan us besàveu... —em sento enfadada, traïda i no sé com més, i la Meri que obre els ulls com dues taronges, i li torna el color de la tomaca a la cara, perquè és conscient que no és normal, allò que feia l'Ada, o millor dit, allò que feien amb l'Ada. Que m'ho va explicar entre plors de la ràbia que tenia per dins, però que no ho va saber fer d'una altra manera, perquè ningú sap com dir-li que no, a l'Ada. Que com que a la Meri li feia molta vergonya morrejar-se amb el Marc, perquè cap dels dos ho havia fet abans i anaven passant els dies i no hi havia manera, l'Ada els va proposar que quedessin els tres i que primer es besaria ella amb el Marc i així el Marc ja ho sabria fer. Però no va ser només una vegada, sinó que van ser-ne tres, que l'Ada es va voler posar pel mig, que quedaven els tres per fer marranades, fins que se'n devia cansar i va anar a buscar una altra presa. Que no és només que es besés amb el Marc, l'Ada, que la Meri no ho vol dir però l'hi noto, que també es van besar entre elles.

—No, Nur, no és això... no estava allà, però m'ho va dir ella, que ja li podia tocar allò, i em va dir més o menys com ho podia fer, però no hi era... —reprèn la conversa, amb el rostre bolcat ben avall—. Només que ahir a la nit em va trucar per preguntar-me com havia anat i li vaig explicar això del líquid...

—Ostres, Meri, prou, ja prou d'anar amb mitges paraules, que sembles una cria! No és líquid i no és allò, és el semen i és la polla, i n'estic farta, dels jocs de l'Ada, de com et condiciona, de com ens condiciona a totes! —m'alço d'un bot, agafo la bici i marxo d'allà amb la Meri que es queda muda i parada, i em sap greu per ella però no vull que vegi més del compte la meua rabieta, que totes ja han fet coses que jo no sé ni quina cara fan, que només les imagino al cap però no és el mateix, que la vida té un altre ritme per a mi i vull ser com les altres, vull ser com l'Ada, que pot fer el que vulgui quan vulgui, que tant de bo marxés per sempre de les nostres vides i ens deixés ser i fer sense temor de res. I la perduda del Quim, que ja no t'ho he explicat com tantes altres vegades, que no sé què vol dir ni per què la va fer, si no em va dir res més i per què tot és tan complicat. Només una perduda i fi del somni. Però què t'he d'explicar sobre una perduda si tu ja li has fet una palla, que juguem lligues diferents i la cria soc jo tot i que digui el contrari, amb la meua corda i a saltar la vida ja que no se'm permet fer altra cosa.

Tot va passar ahir, que el Quim va tornar a la papereria, i aquest cop no només va mirar el despatxet sinó que hi va traure el cap i va preguntar al pare si jo era per allà. Però no hi era, que mai soc als llocs quan hi he de ser. I després que el pare m'ho va explicar, quan la mare ja havia marxat a la seua altra vida. Ha tornat el noi de l'Anna i m'ha preguntat per tu, no em vas dir que no éreu amics? I jo que li vaig insistir, vols dir que ha preguntat per mi, que ha dit el meu nom, que no t'equivoques. I ell que sí, que sí, per què tantes preguntes? I em vaig fer l'orni perquè no ho sé, que no entenc el Quim i per què no em parla directament quan em veu a l'institut, i què deu voler. Que li deu fer vergonya, que el vegin amb mi. I vaig anar a l'habitació, em vaig mirar a l'espill, vaig fer diferents cares i m'agradava el que veia, però per als altres soc la rareta, que sé que pensen això de mi. Em vaig imaginar que tenia el Quim al davant, que li parlava, però no sabia quina cara fer de totes les que vaig assajar, i em van pujar els colors i com he de parlar amb ell, si em torno així de ximpleta.

I de cop, la perduda al mòbil, que no en vaig fer cas però quan ho vaig mirar veig veure que era d'ell, que mai me n'havia fet cap. La cara que se'm va tornar a posar encesa, i vaig fer per respondre ràpid però, merda, si no tinc saldo. Vaig agafar cinc euros de la cartera del pare i vaig sortir volant que ni em va veure, abans que tanquessin l'estanc. Vaig aconseguir arribar-hi en una correguda, vaig posar saldo, el mòbil que em tremolava a les mans, vaig prémer trucar i li vaig tornar la perduda. Vaig tornar a casa que no volia ni mirar el mòbil, que em feia vergonya que m'hagués pogut escriure o què sé jo. I en tot el que quedava de dia que no em vaig desfer del telèfon, que em cremava a les mans d'agafar-lo, que em cremaven els ulls de mirar-lo, però no va passar res més i tot va quedar en una perduda estúpida i sense cap sentit, i jo anhelosa que arribés el dilluns, per veure'l a l'institut i que pogués passar alguna cosa més enllà de mirades que no porten enlloc, o de perdudes que potser no anaven amb mi, que potser només és que es va equivocar i jo aquí muntant-me mil pel·lícules de color de rosa.

El dilluns ja res és una pel·lícula, que ens trobem totes quatre a l'entrada com sempre, i jo que només busco que arribi el Quim. Però quan el veig arribar, no va sol, que va amb aquella altra noia de la seua classe, tan guapa i tan llesta com ell, que també s'ha atrevit amb el batxillerat de ciències. I no cal que ho diguin, que tothom ho pensa, que fan molt bona parella. No sé què es deuen dir, però parlen i riuen, riuen i parlen, i el món és d'ells i a mi m'han deixat fora i apartada. Humiliada com una bola de pols.

—Mira que fan goig, aquest parell. Se'ls veu tan encaramel·ladets... aquí hi ha marro de ben segur! —diu l'Ada, mentre dibuixa corets amb els dits i els envia cap a la parella. I em mira directament, que ho diu per mi, perquè sap que em fa mal el que està dient, tot i que jo sé que a ella també li cou i que ho intenta dissimular, que és dels pocs nois que encara no ha pogut fer seu, que jo sàpiga. Però em fa que ja ho sabria, si fos que sí, que l'Ada no es talla ni un pèl, a explicar les seues aventures amb els xics.

Les deixo soles i vaig cap a classe, que no vull que vegin que els ulls se'm comencen a humitejar, que l'Ada encara se'n mofaria més i no la puc suportar, que ja no em queda més paciència. I no sé què deu passar entre el Quim i la Júlia, però vull pensar que només són amics, que els amics també parlen i riuen entre ells, però no sé si els nois i les noies poden ser amics d'aquesta manera, i em torno a sentir idiota per creure coses que es desfan en un tres i no res, imatges fosforescents que després es tornen en blanc i negre i que et deixen encara més incrustada al pou sense fons.

Arribo a la classe abans que ningú, i deixo que em caiguin les llàgrimes mentre agafo un foli tot blanc i unes tisores i tota accelerada començo a fer paperets quadrats que es puguin escampar per molta gent. Amb un boli blau hi escric a sobre amb lletra de pal que qualsevol podria imitar. Després, en faig dues muntanyes i me les guardo a les dues butxaques dels texans. L'Ada s'asseu darrere de tot i no s'adona que li poso una de les muntanyes de paperets a la motxilla que té mig oberta, mentre passo pel seu darrere per anar a dir qualsevol cosa a la Lena, que s'està al pupitre del costat. Entre classe i classe, faig que vaig darrere del professor per deixar la resta de notetes damunt del primer banc, mentre sento que no sé què sento, entre alleugeriment i malfiança, que ho faig per nosaltres, Meri, per alliberar-nos, que no t'ho podré explicar mai però sé que em perdonaràs, perquè a partir d'ara tot anirà millor i podrem ser el que vulguem ser sense roques que són entrebancs en el camí.

Quan sortim al pati, tothom que ens mira i es riu descaradament de nosaltres. Em poso una mica nerviosa per si alguna cosa no surt com hauria de sortir però me n'oblido quan veig la confusió al rostre de l'Ada, ella que sempre ho té tot controlat i ara no sap què està passant, i com m'encanta veure-la així. Una noia que passa pel costat ens deixa una noteta, on diu clarament que la Meri ha fet una palla al Marc. Perdona, perdona, perdona, que em repeteixo per dins. La Meri es queda petrificada amb els ulls ben oberts que no es pot creure el que està llegint, la cara que se li fa tota roja, llagrimots que comencen a anar-li galta avall, m'agafa la mà i m'estira amb ella quan arranca a córrer. Només ho sabem l'Ada i jo, el que van fer la Meri i el Marc, i jo mai podria fer una cosa així a la meua estimada Meri, i no cal que intenti convèncer-la de res que ella ja ho sap, que ha agafat la meua mà per sortir d'allà per sempre. I per dins que ric de l'Ada que no puc parar, per tot el que ens ha fet, i penso que es foti i que vagi a escampar el mal per una altra banda. I així, ben encegada amb l'altra, m'oblido de mi mateixa i de tot el que soc capaç de fer, que potser no soc tan diferent de qui em vull allunyar.

X

—Ostres, Nur, de veritat que portes tres dies sense anar a l'institut per aquest gra?! Ai déu meu, tu no estàs massa fina... —em desafia la Meri, que amb la seua cara immaculada no pot entendre el suplici dels grans enormes que de sobte et distorsionen el rostre i no saps on posar la cara perquè els altres no et mirin, perquè quan ho fan els seus ulls es desvien al punt on no cal mirar, i no saben si posar cara de pena o començar a riure obertament, o riure per dins, que encara és pitjor. La Violeta que ens mira i només riu, ara que ja es pot sentir alliberada, pobreta, que des que l'Ada no forma part de les nostres vides no cal que l'amaguem més, com els grans que formen muntanyes pudentes a la cara.

—Ai, doncs ja veus que sí, tan fàcil com dir que no em trobo gaire bé, que al pare ja li agrada, tindre'm per casa —dic, apujant les espatlles, com si res. Però no va ser com si res, que va ser desolador, que no podia anar amb aquella cosa a la galta, que miressis per on miressis es veia, que em mirava a l'espill i no podia sinó mirar el granot allà al mig i el rostre desfigurat, que així no podia anar enlloc, no em podia veure el Quim... I vaig plorar molt, que el mirava i plorava, i al cap de cinc minuts el tornava a mirar per si havia baixat mig mil·límetre però no, i així cada dos per tres, però no us ho puc dir que em prendríeu per boja.

—Però ton pare no ha d'anar a la papereria? —em pregunta la Violeta, que sap massa coses del pare, més de les que jo voldria, i per això se'n preocupa.

—Bé... és que entre setmana no sempre hi fa falta i de vegades es queda a casa —els explico, sense contar-los l'altra cara de la veritat, que és que molts dies no es troba gaire bé i millor que es quedi a casa, tot i que no li agrada estar-se sol, al meu petit adult.

—Tu el que no volies és que et veiés el Quim, pilleta! —comenta la Meri, mentre em comença a clavar els dits per tota la panxa, que em fa doblegar i gairebé que em cau el cacaolat de damunt la taula—. Espavila't, que l'any que ve ja no el tindràs per l'institut! —continua, i què m'ha de dir si ja ho sé perfectament, que ho he pensat un munt de vegades, que enguany acaba el batxillerat i a nosaltres ens quedarà un curs més, i no sé com serà un curs sense trobar-me el Quim pels passadissos, tot i que tampoc no ens diem mai res, que el nostre canal de comunicació és internet i el mòbil i només això, fins ara.

—Sobre això... us he de dir una cosa —les dues que estan fent un traguet, de la coca-cola i del xampú respectivament, que des que la Meri va amb el Marc beu cervesa i no ho puc entendre, que només d'olorar-la m'agafen ganes de vomitar, deixen els gots sobre la taula i em miren expectants—. Doncs... aquests dies que m'he quedat a casa ens hem escrit encara més, que em va dir que l'institut era més avorrit sense mi i coses així, aiii... si és que no m'ho acabo de creure, tot això. I al final m'ha dit de veure'ns algun dia, i... encara no he sigut capaç de dir-li res perquè... ufff, és que em fa una vergonya... i a sobre amb aquest gra... mentre tingui aquesta cosa a la cara no em pot veure, de veritat que no!

—Ni et passi pel cap no quedar-hi per aquest granet de res, Nur, de veritat! Digues-li ara mateix que sí. Ara, davant nostre, va! —m'obliga la Meri, que no es pot estar quieta i com se li nota, que està tota contenta per mi. Ella mateixa posa la mà a la meua bossa, en trau el mòbil i me'l passa, va, va, escriu. Obro els missatges, busco el Quim i retorno al primer missatge que em va enviar, ja farà un bon grapat de mesos, en què em deia que últimament ja no em veia per la papereria, que quina llàstima. Em va costar molt processar aquell missatge, que el vaig llegir per davant i per darrere, cinquanta vegades o més abans de poder contestar alguna cosa amb sentit, amb tota la cara que m'abrasava i el cor disparat. Només se'm va acudir de dir-li que ja soc més gran i em puc quedar a casa soleta, i aquí va començar un intercanvi de missatges imparable, sumat a nits en vetlla al xat de l'ordinador, en què parlàvem dels llibres que llegíem, de les classes a l'institut i altres foteses, fins al missatge d'avui al matí, en què m'ha escrit que ja que aquests dies no m'ha vist a l'institut, almenys podríem quedar i veure'ns fora de l'insti, si et pareix bé.

I m'he quedat amb el mòbil a la mà i els ulls fora les òrbites, tota jo tremolosa sense poder fer res, que déu meu, si em moro de ganes de quedar amb tu i posa'm la mà al cor que veuràs com el tinc, però no he sabut què dir-te i què fer-ne, de l'erupció volcànica al mig de la galta, i encara no he pogut dir-te res més i el gra que continua al mateix lloc, tot roig que l'he volgut rebentar massa vegades però no hi ha manera que en surti, el maleït pus que em condemna a recloure'm com ell. M'encantaria veure't fora de l'insti!, que li escric al final, però no et puc dir aquest cap de setmana tot i que és el que voldria ni et puc dir quan, que ara tinc aquesta elevació odiosa que em condiciona.

—Bé, Nur, ens contaràs ja de què parleu o ens deixaràs tota l'estona amb la incògnita? —és la Meri, picardiosa i enriolada, que em fa tornar a la realitat que hi ha fora del mòbil.

—Ja... li he dit per quedar, però... però no aquest cap de setmana —els informo, vergonyosa, amb una mà que em recolza la galta i m'amaga el gra, que tampoc cal que l'estigueu veient tota l'estona.

—Ai, Nur, filla, ets un cas en majúscules —sentencia la Meri, que no para de fer que no amb el cap—. Ja t'hauria anat bé quedar-hi aquest cap de setmana, que nosaltres ja no ens veurem fins dilluns... —deixa anar, com si volgués dissimular el que diu amb tota la intenció.

—Què vols dir, no havíem d'anar al cine i pel centre comercial, demà a la tarda? —li pregunto, tota innocent.

—Sí, ja... és que al final marxo amb el Marc al poblet on tenen el partit i ens hi passarem tot el dia, dinarem allà i després anirem al partit —explica, amb els ulls abaixats que no es volen enfrontar amb els nostres.

—Vaja... no passa res, ja ho farem un altre dia. Al cine també hi podem anar diumenge a la tarda, no? —és la Violeta qui parla, després d'uns segons interminables, que jo m'he quedat muda i amb la decepció pintada a la cara que es vol conjuntar amb el gra.

—Bé... també m'ha dit ell d'anar al cine diumenge a la tarda, però podem anar-hi tots junts, segur que li està bé! —ens fa amb un somriure tort que es delata sense voler-ho.

Llamps i trons que m'espeteguen rere el front, que es disparen aquí i allà i no sé on resguardar-me, que soc al bosc i tot són arbres altíssims que busquen la descàrrega. Corro que no m'encalcin, però la tempesta és més ràpida i més llesta, i ve per emmudir-ho tot, amb paraules que resten inundades sota capes d'aigua espessa que no para de caure del cel que és el meu cap, una ombra que s'escampa i no deixa veure res del que hi ha per fora, només hi ha el pensament banyat de negre, i jo ja ho sabia, que la cosa acabaria així, que el Marc et prendria i marxaries amb ell, i és igual el que sigui de nosaltres. I em quedo a la cadira perquè les cames no se saben aixecar, amb el front sumit en la borrasca obscura que ho entela tot, i ja no hi soc més ni sé el que passa, al món que és fora del meu cap.

XI

—Nur, es pot saber què coi et passa?! Tinc cinquanta trucades teues, més les d'ahir, les d'abans-d'ahir, i les de tots els dies des de fa unes setmanes, però és que avui t'estàs passant, ja, de veritat que t'estàs passant! —em quedo parada que em respongui així, la Meri, ella que sempre és tan dolça, i encara més que no es preocupi sincerament per si em passa alguna cosa, que no em pregunti com és que no he anat a l'institut, que no m'hagi trucat ella per demanar-m'ho.

—Emmmm... —aconsegueixo fer un soroll que no articula cap paraula, que fins i tot he oblidat per què li trucava amb insistència, en sentir-li aquest to de veu.

—Parla, Nur, parla d'una vegada! Que si et presentes a casa quan saps que he quedat amb el Marc, que si no et trobes gens bé i vine que m'agafarà alguna cosa perquè no vols que surti amb ell, que si centenars de trucades, què és ara, Nur, digues, què és?! Què diantres tens?! —s'altera encara més, i noto com augmenta la barrera de protecció que ens separa—. Em sap molt de greu això que et diré, però no et reconec, últimament, de veritat que no et reconec... —continua, davant el meu silenci, amb una veu que ha baixat els decibels i que ara se li ha tenyit de decepció—. Digues, va, què tens? Parla d'una vegada... —i la pregunta sona cansada, que tant li fa el que em pugui passar.

—Jo... jo... —però estic bloquejada, amb muntons d'herba seca que m'escanya la gola i que només es reté en el pensament. Que no et puc dir el que em passa que no em creuries, que avui no ho faig perquè no vagis amb el Marc, que és veritat que l'altre dia no estava malalta, perquè és més fàcil dir-te una mentida que no faci mal que confessar-te que estic gelosa, que et passes el dia amb el Marc i ja ni et veig, només a l'institut i quan tenim classe, perquè a la mínima que tenim descans el busques i ja t'he perdut, i quan ets amb mi només fas que parlar d'ell, i com que jo no tinc nòvio i no ho entenc, cada cop vols parlar menys amb mi i no puc entendre què ens passa, si fa dos dies tot eren els patins, la corda, la bicicleta i els fulls d'olor, i ara només hi ha el Marc i ja no sé on som nosaltres, on queda el nosaltres. Que de vegades penso que la insistència que tens amb el Quim és perquè vols que trobi nòvio i et deixi en pau, però jo no en sé, de deixar-te en pau, que vull el Quim però també a tu, al meu costat.

Però avui no és una excusa, Meri, que no sé com explicar-t'ho i ara m'adono que no t'ho podré explicar, però és de veritat que de bon matí que encara no havia ni esmorzat mon pare ve i em diu que ha somiat que em moria, que anava tranquil·lament pel carrer i m'ha atropellat un cotxe, que anava per la vorera però igualment m'ha atropellat mortalment. I ha sigut tan real, tan i tan real, no ha parat de repetir, que m'ha agafat por i m'he bloquejat com ho estic ara, que no he sigut capaç de sortir de casa en tot el dia perquè i si. I si passa realment? Que m'adono que no t'ho puc dir, que no em creuràs i em diràs que ja no sé què inventar-me, o t'ho creuràs i pensaràs que estic irremeiablement boja, tan perduda que tu ja no em saps salvar.

Que no ho sé, Meri, dec estar fluixa perquè jo normalment

no em crec aquestes coses, que els somnis sempre els deixo al llit i ja està, però no sé què em passa avui que no puc sortir, i ara d'aquí una hora he quedat amb el Quim per primera vegada i li hauré de dir que ho deixem per demà, i és una merda perquè me'n moro de ganes, que no et pots imaginar les ganes boges que en tinc, ara que m'havia omplert de valor, que ja saps que m'ha costat, si ets bleda, si ets beneita, si ets gallina, que m'has anat dient, i ara, al final, tornarem a trobar el motor comú de les nostres converses, que parlarem del Marc i parlarem del Quim, que podré omplir amb el Quim l'aire que tu has deixat entre nosaltres, però que no ho faig només per tu que ja saps que fa mils que li vaig al darrere, que he somiat tant en el dia d'avui que ara un altre somni m'adverteix que no és el dia i que m'hauré d'esperar a demà, si és que al Quim li pareix bé, i em cauen cascades dels ulls que m'hauries de veure, que potser així em creuries, que és que avui et necessito, que sovint penso que el metge que em va portar a la vida em devia estirar pel braç esquerre, que no es pot tindre tan mala sort, que jo dec ser del grup dels que naixen estrellats.

—Penjo, Nur, ho sento, fins aquí puc arribar —la Meri, a l'altra banda de la línia, em desperta del remolí immens que em va pel cap.

—No, espera! —i soc conscient que he de dir alguna cosa ràpid, ben ràpid, que no sigui el somni ben real que em deixi com una pertorbada—. Que... que no pots anar amb el Marc, que l'he... vist... l'he vist amb l'Ada!

De cop es fa el silenci, i és tan dens que el veig com se'm crea al davant, una bola negra com un mal pressentiment, on ja no caben les disculpes i on ja no hi ha defensa ni reparació, que els mals passos esdevenen una toga que sentencia a cop de martell sobre la fusta el càstig final.

—Ha! —i es torna a fer el silenci—. A veure, digues, quan els has vist junts? —em pregunta, incrèdula, al final.

—Això... això no importa...

—Parla! Digues, quan?

—No me'n recordo, Meri...

—Quan?!

—Ahir a la tarda, per això et trucava, però no m'has contestat en tot el dia! —se m'escapa al final, que em sento acorralada i és el primer que em surt per la boca.

—Quan, ahir a la tarda?

—No ho sé....

—Que quan, et dic?!

—Jo venia de la papereria... devien ser les vuit, no ho sé exactament... —i penso que és ben difícil, perfilar les mentides amb un llapis amb la punta acabada de fer.

—Ves per on que just estàvem junts, que ho vam estar a les cinc, i a les sis, i a les set, i a les vuit, i a les nou, i a les deu, i tota la tarda! No em tornis a trucar, Nur, i no em parlis més, fins aquí puc arribar! —i em penja que ja no puc dir res més, que total, ja no serviria per a res.

Em trac el mòbil de l'orella i me'l quedo mirant, com si em pogués explicar els motius que m'encasellen al número u del dau, que tiro i tiro i no aconsegueixo anar endavant, que només avanço endarrere, condemnada a triar els camins equivocats. Que és la flaquesa i el no pensar, que no penso prou i em deixo portar per la ràbia, i què fa, una cabra embogida, sinó atacar-te, que et clava les banyes i t'alça amunt, i no li importa, si tu només volies jugar amb ella, si tu anaves amb bones intencions. Llanço el mòbil al llit i després m'hi llanço jo, aixafo el cap contra el coixí i ofego un crit que m'imagino que mou el llit i i el fa topar contra la finestra, amb esquitxos de vidre que se m'enclaven a la pell.

Em poso de cara a dalt, amb els ulls clavats al sostre que ni em pestanyegen, fins que em torna el Quim i agafo el mòbil al més ràpid que puc per dir-li que si podem quedar demà, que ho sento moltíssim però avui m'és impossible, que mon pare es troba malament i l'he d'acompanyar al metge, que com ho veus cap al migdia al mercat central. I ja està enviat que no puc tirar endarrere, que no se'm podia ocórrer un lloc més mediocre per veure'ns i què pensarà, que he d'aprendre a processar les coses abans d'escriure i de parlar, però no li puc parlar del somni.

Em passo el que queda de dia tancada a l'habitació, amb el número de la Meri a la pantalla del mòbil, que miro hipnotitzada i sense parar, que vull que em truqui i que em digui que s'ha passat, que és veritat que només ha estat pel Marc i que s'ha allunyat una mica de mi, però que ho podem arreglar, Nur, que t'entenc i hi posarem remei, però sé que no em trucarà i jo no la puc trucar, que això m'ha quedat molt clar, que tampoc no em contestaria i és normal, que jo tampoc no em contestaria. I en algun moment rebo un missatge de la Violeta, pobreta, que no sap res i em diu que si estic preparada per a la cita amb el Quim. Però m'entristeixo, que la Violeta no és la Meri i jo vull saber alguna cosa de la meua Meri.

De sobte, m'entra un altre missatge i no és la Meri, que és el Quim, que em confirma la cita de demà i em pregunta pel pare, i per un moment m'oblido de tot però no, que jo només puc fer la meua vida si hi ha la Meri, al meu costat. I m'imagino que la Meri s'allunya però que el Quim hi entra i comencem una història de tots colors i de focs artificials, que tot passa per alguna raó, com a mi m'agrada pensar, i em quedo tranquil·la, i que soc estúpida, que a l'institut ho parlarem amb calma i ho aclarirem tot, oi que sí, Meri? Digues-me que sí, per favor. I què explicaré, demà, al Quim, si soc un desastre que tot ho espatlla, que cosa que toco cosa que es desfà, que potser et toco i desapareixes, Quim, que potser seria millor que no hi anés, que no quedéssim mai, que no vull que te'm desintegres com el sucre al cafè. I què passa, si algun dia camino amb el peu esquerre i t'adones de tot, que t'hauré d'explicar qui soc i sortiràs corrent i jo ho entendré, Quim, que jo tampoc confiaria, en una persona com jo mateixa, que de sobte faig coses que em fan por de ser qui soc, i hauré de fer la vida sola i atemorida, com el pare, ell que és tan bo i no es mereix res de tot això, no com jo, que no encerto el camí que tira recte i cap a dalt, que només hi ha muntanyes que pugen i baixen i ja me'n canso, de saltar i saltar, que ja no és la corda que és una vida amuntegada com la roba que tires a rentar.

L'endemà em desperto que ja són les deu, amb els ulls que els noto inflats, i d'una correguda em poso sota la dutxa, que tinc menys de dues hores per deixar-me a punt per al Quim. Em frego ben fort la pell amb l'esponja, que vull que els porus absorbeixin el rastre de net i sabó, i m'esbandeixo amb aigua que em deixa encesa. M'asseco i m'emprovo tres conjunts però decideixo que a ell li agradarà veure'm natural, com a l'institut, per això tampoc no em maquillo, més enllà d'una miqueta de rímel i de base per als grans i les rojors. Em poso espuma als cabells i m'estic molta estona perquè em quedin ondes naturals, que són d'un color marró sec que no s'assembla a res, que no és clar ni és obscur, els termes mitjans que no tenen personalitat. Em faig una tassa de llet amb cacau i no em puc empassar res, que encara tinc la panxa regirada, i no puc pensar en la Meri perquè tot se'm vindrà avall i millor que no, al cap només el Quim, la cita, el què farem i res més, que tot vindrà sol i ja veurem què passa. Em rento les dents tan fort que em faig mal, glopejo fluor per traure'm el gust de sang, torno a fer un pipí, m'enganxo a la meua imatge a l'espill, ara per davant, ara de perfil, ara per darrere, i em pareix que ja està, somric que m'agrada el que veig, i ja estic tota llesta per al Quim.

Arribo al mercat abans d'hora, i les parades de fruites i verdures, ben acolorides, que em criden des de lluny perquè m'hi arrimi. Hi ha molta gent, però ja m'agrada, perdre'm entre la massa anònima que no em coneix i no sap tot el que he escrit en el camí de la vida. Em quedo plantada davant d'una parada de coloraines que fa una olor de meravella, que té cada fruita i cada verdura amb caixetes de fusta ben distribuïda. M'acosto a la muntanya d'albergínies, que n'hi ha de liloses fosques i de ratllades, i trobo que demà amb el pare podríem fer mussaca, que a ell li encanta i fa temps que no en fem, tot i que ara que ja soc gran soc jo la que cuina i ell em mira des de darrere amb els ulls que cada dia tenen menys de lluentor i més de pena, i jo no sé què més puc fer per tu, papa, però no m'agrada que només encadenis cigalons repenjat sobre la taula i que ja gairebé no surtis, de casa. Compraria les albergínies i les tomaques, que de tan roges i suculentes se'n van els ulls, i penso que que avorrida que seria, la vida, sense l'acidesa dolça de la tomaca, però ara no puc comprar-ne, que què diria el Quim, si a més de citar-lo a la vulgaritat del mercat hi acudeixo amb una bossa amb verdures.

Noto que algú em posa una mà a l'espatlla, el cos que se m'electritza sencer, i mentre dono la volta una veu que és la del Quim em pregunta divertit si ja estic pensant receptes per cuinar. Ric tota avergonyida, feta una bleda, que em sorprèn com ens podem arribar a conèixer tant només amb els missatges que hem compartit en línia, i és al·lucinant totes les històries i tots els secrets que viatgen per un món que no es pot atrapar amb les mans, que no es pot situar, i tot i així són moltes les vides que s'hi llancen i s'hi deixen condicionar, com la meua. Però ara el Quim al meu davant que és ben real, que en l'esfera virtual hem seguit un codi que hem volgut destapar per conèixer-nos més de viva carn. Saps, no em va sorprendre, que diguessis de quedar aquí, continua ell que jo encara no he obert la boca, que encara recordo com t'agradava cuinar, quan anàvem a l'escola.

—La conversa a la papereria... —que arribo a dir, amb els ulls clavats al seu pit, que no aconsegueixen anar més amunt.

—I tant, recordo perfectament tot el que vam parlar, ja veus —comenta tímidament rialler, per a sorpresa meua, que també ho recordo tot de pe a pa, i com oblidar-ho.

—Llavors parlaves poquet... —que continuo, encara sense atrevir-me a apujar la mirada.

—I encara ara, no et pensis —i penso que amb mi sí que parla, almenys pel món irreal de la missatgeria, i això em fa sentir especial, d'alguna manera. Jugo amb les mans encara més avergonyida per no haver d'enfrontar-me als seus ulls, i ell continua—: Vols donar un tomb per aquí o vols anar a un altre lloc?

—No, no, marxem on vulguis, era només per dir un lloc... —i mentre ho dic, amb els seus dits que desfan tendrament les rodones imaginàries que ressegueixen els meus, i és una invitació per apujar el rostre, que no passa res. M'electritzo de nou en sentir el contacte que només dura uns segons de res, elevo una mica el cap encara sense veure els ulls de la mel més dolça i ens posem a caminar, cap al món desprotegit sense fruita, verdura i olor de menjar fresc.

I parlem que hem agafat corda de les receptes que m'han passat pel cap, de la mussaca i de les ganes que té de tastar-la, però només si me la prepares tu, de les matemàtiques que ell vol estudiar a la universitat i ha de ser un món ben intricat si ja em perdo entre els números del batxillerat social, i de si ens poden agradar els llibres en què no ens cauen bé els protagonistes, com la Bovary, que em posa dels nervis, la Karènina i les seues justificacions mentals inacabables o la Cathy Linton i la seua trapelleria diabòlica, si jo per heroïna em quedo amb les nostres i no entenc aquesta dèria d'anar-les a buscar a fora, si ja tenim la Pilar Prim, la Colometa, la Mila, la Mundeta o la Joana E., oi que sí? De cop que passem per la placeta del banquet i empasso saliva que se sent d'una hora lluny, i per favor que no s'aturi que no em sento preparada, i ell que no es deté però la Meri que se m'instal·la al cap i ja no puc dir cap altra cosa.

Al cap d'una estona es para i em mira tan fixament que em fa abaixar la cara de cop, i em diu que no farem res que jo no vulgui fer, però jo moc ràpid la testa per dir que no, que no, que no és això, encara amb el nus a la gola que no em deixa parlar i els ulls fermats a la superfície del terra, que no poden anar més avall perquè és de pedra i com es traspassa, això. I començo a parlar perquè sinó explotaré i les paraules sortiran en plors sense mots, mots que ara em cremen a la gola, com un foc que em va pujant a poc a poc cap als ulls si no els deixo l'obertura de la boca. Que ahir vam tindre una renyina amb la Meri i em té molt preocupada, però no em demanis detalls perquè no te'ls puc donar, i això últim no ho dic però estic segura que tu que ets de poques paraules saps que hi ha coses que és millor no preguntar. I sé que darrere de tot això hi ha l'Ada però encara no sé com, dic com si no ho volgués dir, com si se m'hagués escapat, però ho he fet amb tota la intenció que vull veure com reacciones, Quim, en sentir el nom de la reina de l'institut.

—Saps, crec que vau fer molt ben fet de distanciar-vos d'ella, que... que no ho sé, però hi ha alguna cosa que no està bé, que no va bé, en aquesta noia... no és una bona influència, vaja... —comenta el Quim amb la cara seriosa com mai li he vist, mentre amaga més del que parla al recés dels ulls, que noto que hi ha coses que sap i que no em vol dir, com que les nostres converses van començar precisament quan l'Ada ja no anava amb nosaltres, no sé ben bé per què ni si hi té a veure, però segur que sí, que alguna cosa et feia, l'Ada, Quim, que noto que és així. Després d'un silenci llarg i carregós el Quim mira el rellotge i em diu que gairebé és l'hora de dinar i que ha de marxar, que si vols t'acompanyo a casa, i clar que sí que com ho pots dubtar, que per tu aniria a Plutó i tornaria, si m'ho deixessis fer.

Donem mitja volta per desfer el camí que ja hem recorregut, i en aquest moment m'adono que les coses mai són com les hem deixat, que el temps passa i la gent ve i va. I és que quan passem, de nou, per la placeta del banquet, ja no està buit ni tampoc hi ha enamorats, que el que hi ha és la Meri que no és amb el Marc sinó amb l'Ada i parlen fluixet com els moixons i què es deuen dir, assegudes ben juntes d'esquena a nosaltres, la Meri que ara li diu alguna cosa i mou les mans, l'Ada que escolta amb un somriure obscur que no depara res de bo. Recorro la plaça ben ràpid fins a la cantonada, que no vull veure res més ni que em vegin a mi, les cames que em fan figa i em repenjo a la paret ara que em sento emparada de mirades, i el Quim que ve cap a mi amb el posat encara més seriós i m'aguanta que em veu caure, però tingues clar que davant teu no ploraré, no, no ploraré, Quim.

Em poso dreta com si res i li dic que estic bé, que anem a casa, i em faig la forta, que em sento tota esquinçada per dins, però no t'ho mostraré, que no t'ho puc mostrar, encara. I no diem res més fins que som a la cantonada del meu carrer, que m'agafa una mà que la té ben calentona i em diu que tot se solucionarà, Nur, ja ho veuràs, que jo... jo estaré al teu costat, i lentament abaixa els ulls cap als meus llavis però ja no ho puc suportar més, que les ganes de plorar m'inunden tota i explotaré si no puc traure aviat les riuades d'aigua salada que duc a dins. Li poso una mà al braç que no puc ni estrènyer-la, dic gràcies per dins als ulls de mel, i em giro amb el cos que intento posar ferm, fins a dins del bloc. I en un racó al costat de l'ascensor a resguard del món hostil em desfaig tota en partícules que es van estellant, i les petites estelles que brillen i dansen i fan tres grups, un ple d'aflicció per la Meri, l'altre d'odi absolut per l'Ada i l'últim d'entrega i gratitud incondicional pel Quim, i no em marxis tu, per favor, que sento que si te'n vas m'ofegaré tota.

XII

El cap de setmana avança sumit en la bipolaritat més extrema, que tot és bonic i és de festa quan penso en el Quim, que xategem a totes hores i està ben pendent de mi, i em repeteix, m'assegura, que no em quedaré sola i que tot anirà bé, i de cop que em ve la Meri i em trobo asseguda a les profunditats d'un pou que no albira la llum, on tot és d'un negre que no deixa pensar en claredat, que m'abraça tota i se m'emporta amb ell, a mi i a l'aire per respirar, i l'infern deu ser així i com és que no hi és l'Ada, aquí. I ja és diumenge de tarda i no em puc traure les classes de dilluns al matí del cap, i no puc fer res que tot m'hi porta i no en puc sortir, i què farà la Meri quan em vegi, si encara anirà amb l'Ada i com anirà tot plegat. Recreo situacions en què tot va bé, en què la Meri s'hi repensa, aparta l'Ada de nou i tot torna a ser com abans, i d'altres en què tot surt desastrós i em quedo sola i humiliada, i el Quim que s'ho mira des de lluny i fa que no amb el cap, i cada cop es fa més i més petit, una ombra al final del passadís fins que desapareix del tot.

No puc més i li escric que el que pugui passar demà em té espantada, que no m'ho puc traure del cap, i em respon que m'esperi, que té un remei per a això. Passen els minuts i tot el meu món és el mòbil, que em cou a les mans però el Quim que no m'escriu i no m'explica el remei que he de seguir, fins al cap de vint minuts interminables que l'aparell torna a sonar i és ell que em diu que surti de casa, que només serà un moment i potser així podré dormir més tranquil·la. I em quedo mirant el missatge que no m'ho crec, els ulls com melons, les galtes com síndries i el cor a mil, li escric que em doni deu minuts i d'un salt em tanco al bany que m'he d'arreglar una mica. El trobo a la cantonada del carrer on ens vam acomiadar ahir, repenjat a la paret, que em fa un somriure ample i penso que no pot ser més guapo, i no entenc la sort que tinc i no vull pensar en el final però a veure quan tardaran a arrabassar-me-la tota.

—Que-è fas, a-aquí? —dic, visiblement torbada. Fa un somriure encara més gran per resposta, m'agafa suaument el braç, m'estira cap a ell dubitatiu, que vol veure si m'hi deixo portar, i clar que m'hi deixo, si em podries fer el que volguessis i més, que soc tota teua.

—Res... és que ahir... no em vas deixar acomiadar-me com volia —i em clava la mel dels ulls a les meues ninetes fosques i encara aigualides, de tot el que han plorat—. Els teus ulls... tens una cosa dins dels ulls que és... molt captivadora, no sabria com dir-t'ho, que no els pots deixar de mirar, és... és com un encanteri, tens tot un enigma, dins dels ulls. No sé si mai n'havia vist uns de tan oberts i tan intensos, Nur... i voldria saber a totes hores què hi va, per dins —em quedo glaçada i a la vegada que noto que tot em bull, de tindre'l tan a prop, i tremolo una mica que no sé si són els nervis o què és, però mai m'havien dit una cosa com aquella, i jo no vull parlar de la dolçor dels seus ulls, que tot el que podria dir seria ordinari, després de sentir-lo a ell.

Em quedo callada i expectant, i ell que baixa la mirada fins als llavis, i penso que ara sí, ai déu meu, i s'acosta encara més i torno a l'espill i a les moltes vegades que ho he assajat i espero que em duri el gust net del dentífric. I amb un fil de veu em surt preguntar-li si ho ha fet mai abans tot i que ja sé que sí, però em vull assegurar que almenys un dels dos sap com s'ha de fer, i em torna a posar els ulls als meus i diu que sí, però que què importa això, i no em preguntarà si és la meua primera vegada perquè ell sí que en sap, de dir les coses que toquen i quan toquen. Em posa una mà al coll que és com una carícia que m'ennuvola amunt, inclina el cap i tanco els ulls que no vull veure res més, que els llavis es toquen i penso que ja em puc morir, les llengües que es creuen i un punt calent que se m'escapa de la vagina a tot el cos, m'acosto més a ell que el vull notar tot, i entenc que aquest és el remei, que només així puc deixar de pensar-ho tot, que només som ell i jo, que em podria morir ara mateix i no me n'adonaria.

Però després d'una estona que és un parèntesi sense temps ens separem i dic sense pensar, com em passa tantes altres vegades, que si amb l'Ada també ho ha fet, i a ell se li capgira el rostre i pregunta que a què trau cap, això, ara, i que què importa, que només compta el que fem ara i nosaltres dos, Nur. I marxa així i sense més, i em diu fins demà, i em quedo maleint la meua capacitat per espifiar les coses que pareix que em van de cara per poques que siguin. M'ha... m'ha agradat molt, li dic mentre marxa i ell ja no es gira, s'atura un moment però continua avant, i clar que s'ha besat amb l'Ada però qui soc jo per jutjar-lo quan soc jo qui duc el dimoni a dins.

El dilluns es desperta amb una pluja que ho remou tot i un fred intens que anticipa l'hivern que està per arribar, i que se m'escola a dins per deixar-me clar ja de bon matí que res podrà anar bé. Arribo a l'institut arrapada dins l'abric, i camino recta sense mirar res ni ningú, que vull arribar a la classe i a veure què és el que passa. Els meus ulls no busquen el Quim, que anit em va dir que a primera hora havia d'anar al metge. Poc després de veure'ns li vaig escriure que ho sentia per preguntar-li coses que no devia, i ell només va dir que no passava res i que si ja em sentia millor per encarar el dilluns, i així és com vam enterrar el tema inoportú de l'Ada. Em va dir que li sabia greu no poder estar avui al matí per a mi, i jo que ara també ho sento, que només de veure'l m'ompliria de força.

M'assec al meu pupitre i em trobo un paper ben gros a la taula on diu «Aneu amb compte amb mi, que tinc la boca molt llarga i no us podeu ni imaginar com m'encanta escampar els secrets dels altres». Em faig més blanca que la llet i busco amb els ulls, gairebé sense moure el cap, el pupitre de l'Ada, on veig que parla ben animadament amb la meua Meri i que em donen l'esquena, com si no fos ningú, i és que ara ja no soc ningú, per a elles, i tot em dona voltes i sento que vomitaré.

Penso en el Quim per calmar-me i agafar forces, que ara el tinc a ell i ja no tornaré a estar sola. Prenc el paper per ferne una bola quan veig que de sota en surt un altre, molt més intimidatori, molt més acusador, que el firma la Meri i que m'enfonsa més avall de la superfície de la Terra: «Ja sé que no va ser l'Ada, punt i final», i les llàgrimes que em surten i que em couen com la sang, com tota jo, que sento que em desfaig per moments, i d'una embranzida arribo al vàter, en tanco la porta, m'ajupo i ho buido tot, per la boca, pel nas, pels ulls, i des de fora els copets fluixets de la Violeta que no vol molestar massa que pregunten i insisteixen si estic bé. I surto del vàter que la ignoro i no li dic res, que no és que no vulgui sinó que no puc, i m'encamino fent tentines cap a casa que no em puc quedar, després de tot, a l'institut, i em sona el mòbil i torna a ser la Violeta, que m'escriu que jo et faré costat, Nur, com tu me n'has fet sempre, però em sento bruta, hipòcrita com el mateix Tartuf, i una altra arcada que em fa vomitar al mig del carrer el que ja només és bilis.

Arribo a casa que els pares encara no han marxat a la papereria i es queden parats de veure'm arribar. Però no els deixo parlar que els arremeto, pàl·lida i marejada que pareixo un fantasma, que he de recolzar una mà a la paret per sostindre'm, que no vull continuar amb el batxillerat, que total no vull anar a la universitat, que el que vull és fer cuina, vull apuntar-me a l'escola de cuina i que per a això no em cal el batxillerat. La mare que transposa el rostre i es queixa que no ens pots deixar mai tranquils, que no sé com t'ho fas però sempre tens coses, i més coses i muntanyes de coses, i s'enfurisma més i més i no pot callar, que tan intel·ligent com sempre t'has cregut, amb llibres i més llibres i les notes que m'has refregat cada final de trimestre i ara em dius que no vols anar a la universitat, i fa una ganyota i mitja cara que li vol riure, és que em fas riure, que diu, però no deixaré que malgastis el poc seny que tens, que ja et veia fent de metge, científica, advocada, què sé jo, i que encara ho arreglaríem, això nostre. Però cuinera? De veritat, cuinera? És que ric, mira com ric, i el rostre que li continua desfigurat, que insisteix a riure però es manté ferm i contrariat. Però què... què has perdut, tu, a la cuina?, prossegueix, amb envestides cada cop més furioses. No, no i no, és que de veritat que et dic que no penso posar ni un cèntim perquè vagis a fer de cuinera.

La miro fastiguejada, sostenint-me més fort amb les dues mans, i un remolí de paraules dins meu que no es verbalitzen però responen que ja pots dir missa que no penso fer-te cas, que tant fa el que diguis i ho saps, que el papa em donarà els diners que em facin falta i el suport que tu mai m'has sabut donar, i em sento infinitament exhausta d'aquesta lluita contínua contra el món. I el pare que s'ho mira tot i no diu res, decebut i trist com és la seua vida, però sé que em fa costat, ell que sempre ha sabut que el meu somni és la cuina, i que tants cops hem rigut, a la taula i entre receptes impossibles. I la mare, encara alterada, que puja al sostre i en torna a baixar, continua amb la seua escomesa, i em diu i em repeteix que no, que de cap manera, que pensa't millor què voldràs fer, però la cuina trau-te-la del cap.

La miro encara amb més fàstic i no ho puc entendre, de veritat que no, i continuo parlant per dins que si tu ja has triat una família i no som nosaltres ara ves i deixa'ns en pau, que la cuina és el que a mi m'agrada i faré cuina, i m'adono que estic plorant gotellots que podrien formar un oceà, per la Meri, per l'Ada, per la Violeta, per la mare que m'ha tocat, per la cuina, per jo mateixa i per tot.

El pare que encara no fa res però que amb els ulls em diu que em calmi, que tot anirà bé. Però és que no ho entenc, no l'entenc, que què importa, la nota que tinc, jo vull fer això, això i prou. I penso tantes coses que no sé formular, que s'apilen al pit i m'embriaguen tota, que les dic només per a mi i als altres amb la mirada intensa que en diu el Quim, que la cuina és un art, que el cuiner és tan artista com el pintor, que és un artesà del menjar, que fa art, amb les seues mans, i són molts els que el gaudeixen. I que com que és un art, ben delicat i curós, com els altres, no s'ha de menysprear, perquè una pintura no la desvaloraries. Que dient tot això m'estàs menystenint a mi, m'estàs fent mal, que és el que t'agrada, oi, és el que vols i el que has volgut sempre, fer-me mal, veritat? Que la intel·ligència que no sé si tinc però que ves per on tu ara pretens que tingui no n'entén, de diferències d'ofici, que amb tots treballa per traure'n els millors fruits, i jo vull crear els millors plats possibles i fer feliç a tothom qui pugui. Que de què serveix, una intel·ligència servida a desgana. Que tot i que la cuina és un art i, com tots, està a l'abast de pocs, jo ho vull provar, que toco de peus a terra però ho vull provar, i ho provaré, tant si agrada com si no.

D'un bot, em tanco a l'habitació que ja em sento assecada de l'aigua que m'ha sortit de dins i torbada de tantes paraules retingudes, i el pare que entra darrere meu i em diu que no tinguis cap dubte que faràs cuina, bonica, si és el que vols fer, i sé que és el que vols, que ho he sabut sempre, però m'has de prometre una cosa, Nur, m'has de prometre que primer acabaràs el batxillerat i faràs la selectivitat, i després ja podràs fer el que vulguis, fes-ho per mi, cuca. I et dono l'esquena i pel cap que em va que ja no vull que em diguis cuca, que ja soc gran, papa, que no ho veus, que ja m'he morrejat amb el Quim, saps.

El pare es rendeix i marxa tot i que sap que li faré cas, que no puc no fer-te'n, a tu, papa. Abaixo la persiana, tanco el llum, descanso les parpelles, i em sotmeto a malsons de plats mal cuinats, de mares que són bruixes malvades que preparen pocions verinoses contra filles negades i de solituds que et conviden a engegar-ho tot a rodar, que potser no val la pena, continuar així, però hi ha el Quim, que és la llum que es planta al final del pont, per traspassar-lo tot recte i sense abaixar la mirada.

I en algun moment que no sé l'estona que ha passat agafo el mòbil i tinc dos missatges nous de dos noms que s'emparellen a la pantalla com abans s'han emparellat a la meua ment, que fins i tot la tecnologia em desafia, que vol que imagini coses que em trastoquen encara més i que em fan moure el cap tan fort que em fa mal, perquè només són bajanades que em van per dins que cal espoliar-les lluny. Em refrego els ulls i veig el del Quim que em pregunta si he marxat de l'institut, que no em veu enlloc i si tot bé, i el de l'Ada que diu que sempre et quedarà la Violeta que tant has volgut amagar, però ves amb compte que ja t'ho vaig advertir, que li van les xiques i qui sap si. Si està amb mi per interès, que vol dir, i que digui el que vulgui que ja tot m'és igual, que saps que tinc el Quim i això et fot més que res, més que el fet que t'hagis quedat la Meri, però això no ho diràs, oi que no? Tanco la llum del mòbil, dono l'esquena a l'aparell i em quedo caragolada sobre el llit, amb el cap que no té cap tecla per parar-lo.

XIII

Enllestida la primera capa de verdures, amb pataques laminades, ceba a la juliana i pimentons del padró, poso un raig d'oli i una mica de sal i pebre, i deixo al damunt el rom gegant que vaig comprar ahir al mercat, amb tres talls al llom que li obren la carn. Per sobre del peix, escampo la salsa d'alfàbrega que he preparat i quina oloreta que fa, torno la safata al forn, tanco la porta i em quedo mirant-lo com anestesiada, que al final hauré de dinar tota sola i ves quina gràcia, si havíem de celebrar la sele, que és el que tu volies, papa, i ara no vols sortir del llit, ni menjar, ni xarrar, ni llegir, ni res de res. Preparo una amanida ràpida amb la tomaca rosa més grossa i bonica que vaig trobar, que es desfà a la boca i no li cal res més, però hi aboco unes quantes anxoves que sé que t'encanten i a veure si així t'animes a dinar. Em quedo pensant que no sé si fer el pastís, al final, però decideixo que sí, que si no és amb tu me'l menjaré aquesta tarda amb el Quim, i se'm dibuixa una rialleta estúpida que no em puc creure que avui ja sigui el dia.

No em trac del cap el com anirà, li diré que tanquem el llum i les persianes, que no vull que em vegi massa, i m'entra la calentor que se m'escampa arreu, i la sento molt forta al cap de pensar quan em vas posar la mà allà baix, que anaves lent, ben lent per veure com ho rebia, i jo et rebia que en volia més, i amb la meua mà i entre titubejos que et vaig ajudar a arribar-hi i et vaig deixar allí, que tot estava humit i ara també em sento que em començo a banyar tota. Em vas trobar el forat i vas anar introduint un dit a poc a poc, i mentre els ulls càndids de la mel que em fitaven ben endins però no et veia que no et podia deixar els llavis, i el clítoris que ja havia fregat tantes vegades amb la mà, amb els peluixos i amb els llençols, sempre tota sola, se m'activava uns centímetres més amunt, i et vaig prendre la mà i t'hi vaig conduir, i no hi havia cosa que volgués més en aquell moment que em premessis fort, cada vegada més, i em fessis volar tota.

Entro al bany per eixugar-me la humitat que se m'ha concentrat als baixos, em miro les calces que m'han quedat tacades i després ja em dutxaré, em recolzo a la pica, faig un sospir que no puc esperar que arribi la tarda i somric ben tòtila a l'espill. Faig que no amb el cap i ho sento, papa, però avui no em puc quedar, que t'hauré de mentir perquè et quedis tranquil però jo he de marxar i sé que ho entendràs, que avui per primera vegada tenim la casa dels seus iaios per a nosaltres sols i tremolo de pensar el que vull que fem, i em bullen les galtes, el cap i el cos sencer, que no em puc aguantar més.

Busco un motlle que em vagi bé i començo a ratllar la pastanaga, i no sé què li passa darrerament al pare, però ja ha arribat al punt que cada dia s'ha de morir, que és el pit que fa punxades, és el pulmó que es tapona o és l'estómac que fa pressió, però cada dia és el final, per a ell, i portem uns dies així i no surt de casa, ni tampoc del llit, que el seu món és l'habitació i la tele que sempre té engegada amb telenovel·les de pa sucat amb oli tot i que ni se les mira, que només es mira per dins i s'omple de temor infundada. Bato els ous i hi afegeixo la pastanaga ratllada, un grapat de nous, la farina, la mantega, l'oli, el sucre morè, el llevat i una miqueta de canyella.

Però avui faré com la mare i m'escaparé, i no m'acabo de sentir bé perquè jo no soc com ella, que m'he quedat tot el cap de setmana amb tu, papa, que només he sortit per anar al mercat i ho vaig fer quan la mare encara era a casa, i vas ser tu qui va dir que ho celebraríem amb rèmol i me l'hauré de menjar amb cap altra companyia que la tele i el meu cap, que no para de donar voltes. Tiro tota la barreja al motlle, espero que el forn estigui lliure, i després ja prepararé la cobertura de mascarpone i se m'aigualeix la boca que tinc ganes de tastar-ho. I aquest matí, que encara t'havies de morir amb més força, m'has pregat que no et deixi sol per res del món, i m'he quedat muda i m'han entrat calfreds davant els teus pressentiments, que saben que avui passaran coses, perquè ahir no em vas insistir tant, papa. L'olor del rèmol cuinat que planeja suau per tota la cuina, i a la tarda marxaré, papa, ho sento però marxaré que no em puc quedar, però ni te n'adonaràs, ja veuràs que no, i tot continuarà igual que sempre.

Hem quedat que em passarà a recollir amb el cotxe a la cantonada del bloc, encara amb aquella mania que no cal que ens vegin els veïns que tothom parla massa, que sempre crec que parlen de mi i per al Quim són paranoies. El Quim ja té dinou anys, ha acabat el primer curs a la universitat i té cotxe propi, que és petitet i de segona mà. Jo i els meus gairebé divuit anys ja han fet la sele que volia el pare tot i que ho he celebrat tota sola i ara m'he de mirar escoles de cuina, però ja hi haurà temps, que hi ha tot un estiu llarg i xafogós entremig. El rebo amb el pastís i que no vegi que estic feta un mar de nervis, que si parlo massa se'm delatarà. Ell en vol fer un tast allà mateix, i no puc deixar de mirar-li els llavis i tot el que vindrà després. Que no puc ni besar-lo encara, i durant el trajecte que només faig cas a la finestra, i em pareix veure el Marc amb la Lena en un racó que no sé què fan, i afino la mirada i semblen ells i que estan ben enganxats, però m'ho trac del cap que de què serviria, ara, si em farien parar per mentidera i malintencionada abans de creure res del que pogués dir, i que tampoc tinc clar el que he vist, i vaig amb el Quim a casa els seus iaios i no val la pena inflar-me el cap amb estupideses que no venen a tomb i que tampoc van amb mi. El miro a ell, que em vull centrar només en tu, i és com un somni que no em puc creure que sigui tan perfecte, tan guapo, tan fort, tan serè, tan atent, tan afectuós, tan viu, tan tan tan, tot per a mi, que no puc defugir la sensació que en algun moment em despertaré i en què quedarà, tot això.

Arribem a la casa, que és com una caseta de camp que està als afores de la ciutat, i ell que para el motor, em mira, em somriu tot entendrit i em pregunta si baixem, i jo em quedo uns instants parada però torno en mi i dic que sí, sí, sí, anem, i ell que va més ràpid per obrir-me la porta, em dona la mà, agafa-la que és tota teua i ja no me la solta fins que som a dins, que tot és molt acollidor i suo que fa molta calor, que no sé si és el trasbals que porto dins o si és la temperatura, que és tot una mica i em preocupa que pugui agafar mala olor. Ens asseiem a la taula del menjador i em lliura la mà per agafar el pastís, i primer en mengem una mica que així no cal parlar, només omplir-nos la boca de dolçor i ja tindrem bon gust per a després.

Mengem i ens mirem amb una força que és com un imant, que el silenci de la boca es trenca amb els ulls, els seus que em diuen si estic segura del que farem, i els meus que volen indagar si també és la teua primera vegada, que segur que no tot i que vull que sí, però no ho preguntaré que ja n'he après, i no parlaré de l'Ada que ja em vas dir, sense que t'ho demanés, que et donava la sensació que si t'acostaves a mi mentre encara anava de colla amb l'Ada, ella m'hauria fet alguna cosa, que sempre que te la trobaves se t'arrimava massa i volia alguna cosa de tu. I no vaig preguntar més que vaig entendre que no devia, que no sé si tu li vas donar l'alguna cosa que buscava però vaig callar, que potser algun dia em donaries la resposta, que les coses amb tu arriben així, sense esperar-les i sense preguntar-les. Torno on ets ara, davant meu tot expectant, i amb els ulls ben plens et faig que sí, sí i infinitament sí, que mai no havia estat tan segura de res com ara.

El mascarpone que se'ns desfà a la boca i el noto amb la llengua que és entre la teua, i amb la mà palpo el llit on poso l'esquena i et tinc al damunt, tot meu, i torno la mà a la teua pell morena que és aquí on em vull quedar per sempre. Tremolo tota i no és el fred, i percebo en tu petits espasmes que he llegit que els fa l'excitació, i estic contenta que tot vagi com ha d'anar, que t'exciti tocar-me el cos que m'estàs despullant, tot i no veure'l que ho he volgut tot fosc. Els teus dits que em ressegueixen tota, i amb la boca que et fas vampir del meu coll, i jo que t'urgeixo els llavis em repenjo al coixí i em deixo fer, que sento que estic flotant, i que allà on soc no hi ha res que ens pugui fer mal. Entre núvols que vaig dansant sense tocar el sòl i et trobo el penis, com un tronc alt i vigorós tot banyat després de la pluja, el premo amunt i avall, avall i amunt com una tonada sense fi, i el dirigeixo sigil·losament al forat que em faig la valenta, però serro fort els ulls que no ho soc tant, però necessito que ho provis, necessito que entris ja i ai déu meu.

I on són els núvols que ara tot és un sol que bruseix, un punt intens de calor que es vessa a dojo, que tu vas entrant ben a poc a poc, que pareix que no hi ha de cabre però sí que hi cap, que se li va obrint camí, i va xocant contra parets que no veiem, i tiro tímidament el sexe cap a tu perquè entris una mica més i no et preocupis que no em fas mal, i ens compassem per topar-nos al centre que semblem gats vells, que cada empenta avant és un cop més ardent, i anem fent, que no sé si ho fem bé ni tampoc m'importa, que m'agrada, m'agrada molt, que no hi ha dolor ni m'ha sortit sang, tanta vergonya que em feia i tant de patir, i no et pensis que és que ja ho havia fet, que es veu que a vegades passa, que m'estreno ara i amb tu, no t'he enganyat. Però oblido el rum-rum inesgotable que em va pel cap, oblido que tinc cap que aquí no hi ha preocupacions, que soc un cos embriagat que es perd en el teu i quedem-nos a viure aquí que s'hi està molt bé, aquí que no veig final, que no hi ha final, per sempre amb tu i el cap als llimbs.

Obro un ull que he perdut el compte del temps, resguardada on soc dins dels teus braços, tot tu bolcat en mi, en un moment de pel·lícula en què prenen sentit totes les històries de prínceps i princeses que ens han inculcat de sempre. Una llum tènue s'escampa per l'habitació a les fosques, sobre nosaltres, i mou tot de partícules de pols que fan els cors al voltant dels nostres cossos tendrament entrellaçats. La sensació que som en un film romàntic acreix dintre meu, però la princesa vestida de rosa que soc jo afina bé la mirada i capta un mòbil que fa pampallugues amb insistència. I això és la realitat del món de fora que ens crida que tornem, que ja ens hem escapolit per massa estona. Alces el cap, t'ho mires amb cara de circumstància, et gires cap a mi i et dic que deixa-ho córrer, que després ja contestaré. Fas un salt que no sé on vas i tornes de seguida amb el pastís, que t'ha entrat gana i jo també en vull, que el que vull és tornar a tindre el mateix dolç que tu dins la boca.

—Et puc fer... una pregunta? —que et dic a la fi.

—A... a veure —i sé que a vegades t'espanten, i més ara, les coses que et pugui preguntar.

—Per... per què jo? —amollo simplement, que no puc entendre per què soc jo l'afortunada, si jo la sort ni la conec, que podries tindre qualsevol altra que volguessis i en canvi soc jo la que està aquí amb tu. Les teues ninetes deixen les meues per pujar al sostre, perquè t'ajudi a entomar el que encara mai no havies posat en paraules, potser ni per a tu mateix.

—Tens... tot de coses per explicar —dius, al cap d'una estona, amb els ulls que ara miren fixament els meus, i jo que em quedo pensant que en veritat deu ser difícil, saber el motiu primer que ens fa estimar les persones que estimem. Que si penso en tu se m'afigura el pare, que em fas sentir com quan soc amb ell, i no sé si ho sabria explicar d'altra manera.

—Què vols dir? —se m'escapa, que en vull saber més coses.

—Mmmmm... —tornes al sostre, que per a tu té totes les respostes, i quan ja les has trobat, busques la meua mirada amb una intensitat que esfereeix—. No m'agrada la gent previsible, el que m'agrada és el món que dus per dins i m'atrau pensar que el puc anar descobrint a poc a poc. M'agraden les coses que em puguin sorprendre, i els teus ulls... tenen tantes coses, a dins... —i ja no dius res més, només em mires amb un rostre que de cop se't fa seriós, que veig que em vol destapar les capes que encara no albires, però de seguida et surt una rialla tímida que ja no va més enllà, i em quedo tranquil·la que jo no ho tinc tan clar, que t'agradi tot el que em puguis trobar, que quan rasques massa s'esfuma la pell i després hi ha la sang.

Però el mòbil que és sobre la còmoda persisteix a trencar-nos el clima càlid que queda després de la tempesta, per dur-nos a una altra tempesta que ja no és només la nostra sinó la de tot el món. I m'adono que no sé el temps que ha transcorregut, que en aquest buit que he creat dintre meu s'ha esborrat tot el que no som nosaltres, que el pare... que el pare s'ha quedat sol a casa, i potser ara es troba pitjor, el meu home-nen que em necessita. Volo cap al mòbil i la pantalla que em trastoca tota, amb una vintena de trucades del pare que no sé què volen dir, i la gelor que de cop em recorre de punta a punta, un esglai esfereïdor per les coses que poden passar, i de sobte un cop sec i punxegut al pit que m'avisa que alguna cosa no va com ha d'anar, que és el cop de la veritat de les coses que passen al meu pare. Em començo a vestir apressada, i el Quim que no entén res però també ho fa, i què passa amb el teu pare, per què no pares de dir el seu nom, que em pregunta, però ara no puc parlar que les paraules ja vindran després, que ara m'has de portar a casa ben ràpid i res més, no ho sé fer d'altra manera, que no tinc prou món per abraçar les coses que em van grans.

Dins l'ascensor miro a totes bandes i no puc parar quieta, amb la boca torçada que m'estic cruspint les galtes per dins, i que lent que va que arribi ja, però un instint em porta a prémer el botó perquè es deturi que no sé què em trobaré a dalt. Solto les galtes amb gust de sang i agafo la carn dels dits, que envermelleix tota, i a l'espill la meua cara que és la d'una xiqueta que ha vist el fantasma més terrorífic. Em tapo el rostre amb les mans i estrenyo fort que soc una covarda i he de reiniciar l'ascensor, i amb el puny a la boca esmorteeixo el crit que enderrocarà el bloc de vides que ja estan esquinçades.

L'ascensor reprèn la marxa i busco imatges del Quim, que el que li agrada de mi és el que encara no sap, i és una frase bonica per a qui viu en contes de fades sense coses que no pot dir, que encara no pot explicar, però estrenyo els ulls que ell és com el pare, ha de ser com el pare, que ho sap tot i igualment em reclama al seu costat. I amb el pare torna el cop d'espasa al pit, l'ascensor que obre les portes, i no cal traure el cap que ja ho sento tot, que és la mare que diu Pere, Pere, Pere, incansablement, Pere, Pere, Pere, i el nom que queda suspès a l'aire sense resposta, s'acosta a mi i m'ajuda a caminar fins al pis, i el Pere que amb una «a» és el pare em solta la mà perquè es crea una incongruència que és que et tinc al davant, estès al terra que no et mous, la mare sobre tu, amb l'abric i la bossa escampats al teu costat, que entenc que acaba d'arribar. Ni em mira que em diu que truqui a l'ambulància, però els veïns que ja em rodegen i algú que ja està trucant.

Em quedo on soc, al costat de la porta i l'esquena a la paret, que no la sento meua que tot se m'ha glaçat, embats de neu sobre el cap que em priven de sentits, i l'esquena que es deixa caure fins al terra i jo em deixo fer que he perdut la capacitat de governar el que és meu. Que no respon, diu la mare, que crec que no respira, ai déu meu que no respira, i t'agafa i et sacseja, Pere, Pere, Pere, què has fet, Pere. Uneixo els punts del terra per crear un camí que ocupi la meua ment, de la bossa, a l'abric, a la mare que és sobre el pare, el pot de les pastilles, les teues pastilles escampades pels voltants i una botella de litre i mig de líquid que ha vessat per les rajoles, però encara en queda una mica a dins com una línia horitzontal, plana i tranquil·la com els dies de mar calma en què tu em deixaves entrar a l'aigua, del color ataronjat de l'esclat del capvespre. Clavo el que semblen els meus ulls, que han deixat de veure-hi, en el teu cos inert, i ja entenc que és el que volies, no, papa, que fes la maleïda selectivitat per després soltar-me per sempre més, però ofego la ràbia que no pot anar amb tu, moc les ninetes uns mil·límetres de res que la tens al damunt i ni així, et deixa viure, i hauries d'estar tu, estirada al terra, dic fluixet que no sé si vull que em senti, però ella gira el cap i obre una boca de tigre desbocat que trau foc per emmudir-me.

A mon pare:
cada lletra de cada paraula de cada frase
d'este llibre és per tu i és per a tu.
Te retrobo a la mar que va ser nostra,
temps era temps per sempre aquell temps.

Aquesta mar no s'assembla gens a la nostra.
És una llenca metàl·lica, sense transparències,
ni colors canviants. Coagulada a redols, endurida.
Però l'enyor. L'enyor només perquè, en veure-la,
pens que tu restes a l'altra banda [...]

CARME RIERA, *Te deix, amor, la mar com a penyora*

Tants de records de tu se m'acumulen
que ni deixen espai a la tristesa [...]
però d'aquest dolor en trec la força
per escriure aquests mots i recordar-te.

MIQUEL MARTÍ I POL, *Lletra a Dolors*

SEGONA PART

DESPRÉS

Una estepa blanca a la foscor

XIV

No sé ben bé on és que soc, sura el negre, al meu voltant. S'hi està bé, que tot és calma, i no hi ha cap pes, ni dins ni fora. Avanço una mica i els peus que no em toquen el terra, que van levitant. Estiro els braços per si topo amb alguna cosa, que no veig res. Avanço lentament, molt lentament, amb les puntes dels peus tirades ben cap avall, però no arribo al sòl, potser és que no n'hi ha. De sobte, el fosc del davant es desfà i es fa una llum bellugadissa. És molt tènue però et veig, ets tu, papa, que ets al meu davant. I et veig els cabells, la cara, el pit, les cames, els peus, que no sé si deuen notar el terra. T'ho vull preguntar, intento moure la boca però no podem parlar, et toco amb una mà i no hi ha cos, que et veig però et traspasso i ets tu però no ho ets, papa. I ara només soc ulls que se m'obren molt, que criden el que la boca no pot articular. Tot ets blanc amb dues boletes als ulls que t'han pintat de negre, i em mires però no em veus, que són uns ulls que ja no veuen. Faig un salt que et vull atrapar, però de cop ja no hi ets que t'has fet cendra. Tot un munt de cendra que se m'arremolina al costat dels peus. Trac una granera que no sé d'on ha sortit, t'agrano tot i m'abraço amb força a la pala, que no em pots deixar sola, papa, has de vindre amb mi que no et penso deixar escapar.

Amb les mans palpo el meu voltant, i percebo la superfície suau del sofà. Aixeco el cos tot de sobte i et busco pel menjador, però només és en somnis, que et retrobo, que t'atrapo i et fas cendra, una vegada i una altra. En un rampell em toco el braç i el tinc al lloc, que aquest cop no te l'has emportat. Em quedo estirada al sofà, agarrofada com un caragol, miro endavant que no miro res. Ja fa un temps que no hi ha temps, des que vas decidir marxar, que els dies passen segons la llum del carrer. Ara es fa fosc i sento els grills, ara surt el sol i canten els ocells, així durant no sé quants dies. Què deu fer, unes tres setmanes, que he desaprès a viure sense tu, que em quedo en el record i em pareix la millor decisió, fins que retorno on soc i se m'esquerda la closca que no puc ser caragol. Sento uns passos que han entrat al menjador, de qui va coix que ja no pot caminar. Ha tornat el negre i m'entra molta por, i el blanc que abans et definia ara s'ha tornat de roig, que no tens pell que tot ets carn, teixits i molta sang. M'estremeixo que cada cop et tinc més a prop, i jo et vull amb mi però no d'aquesta manera. I ara sí que em surt el crit, que traspassa les esferes dels mons i fa tremolar les parets de la realitat. Tinc el cos banyat, amb gotes que em fan rius per damunt del pit.

Torno a sentir passos, aquest cop ben apressats, però ara no ets tu, que és la mare, Nur, Nur, què tens, digues, ei, què tens, que són malsons una altra vegada, Nur, Nur, ei. Et sento, mama, però no puc sortir d'allà on soc, que la meua ment busca el papa i vol entendre on s'està, i és un lloc on no hi ha absolutament res, que és un buit on tot és negre, infinitament negre, i no puc respirar. M'entren calfreds que són com descàrregues i és com si m'ofegués, que l'imagino allí, en aquest lloc que no és cap lloc, i ell que ja no és res, i que tot és negre al seu voltant, un negre dens que pesa i et constreny tot. I és com si pogués sentir tot el que ell sent, aquest buit, aquesta foscor espessa, l'opressió, el pànic, que tot s'ha desdibuixat i no hi ha res, no queda res del que abans dèiem vida. Que tot s'ha tornat mort, que se m'ha escolat sota la pell, arrapada tota jo de mort, i no en puc sortir. Que estava tranquil·la amb el pensament en blanc i de cop m'ha vingut la mort al cap, com si res, com un pensament fugaç, com quan penses en el plat de pasta que t'espera a la nevera o en els pantalons que t'has de comprar, i la sensació és terrorífica, que m'entra una por terrible que m'abraça tota i no em fuig.

Que no és una temor com una altra, que aquesta no es pot afrontar, que no es pot fer res per evitar que la causa no hi tingui lloc, que no pot no tindre lloc, que tots morim i això és així, llavors com puc aturar aquesta por que de cop m'ha vingut no sé per on i que se m'instal·la al mig del cap i del pit, per totes bandes, aquesta espasa bullent que se'm clava amb embranzides que de tan profundes s'escampen arreu de mi, que tot es cobreix de la calor més insofrible, i tot es fa fosc, sense cap font d'on extraure llum, perquè la mort és certa, és negra, és el no-res i és el final. Que sense llum no hi ha significats, que ja no veig cap sentit a res, per què viure, si igualment tot ha d'acabar. Que no hi ha record ni passat, que la memòria és dels altres i no del que mor, que el que marxa se'n va sense res i ja no és res, despullat per dins i per fora, tot ell tenebres sense matèria i sense res. I entre esgarrifances cada cop més intenses, giro el rostre cap a la tele per mirar qualsevol cosa, i imagino un món sense teles i sense res, perquè és un buit sense res i com s'imagina, això. Com s'imagina un món sense res del que coneixes, com s'imagina un món sense tu mateix i sense ningú, i, sobretot, com s'imagina sense temor.

Et veig, mama, que m'agafes fort que vols deturar uns espasmes que no entens, que no et puc posar paraules al que em va per dins. Que em pregunto, que no em puc deixar de preguntar i les preguntes se m'amunteguen a dins, que qui s'ha inventat la gran estupidesa del viure si el viure condueix a la mort i això és inevitable, que la mort engoleix la vida i la pot fer desaparèixer en un sospir, i quin sentit té tot plegat. Que si el viure és el tot i el morir és el res, per què vivim si igualment ens encaminem cap al res, que no entenc res i tot es fa gros i inabastable, i em sento petita, cada vegada més petita, com un porus davant l'obertura de tot l'univers, que de sobte el rebentes i ja està, fi de la història. M'agito, tot el cos se m'agita que no pot parar malgrat la roca al pit, que bruseix intensa com un foc d'estiu, i que pareix haver trobat, aquí, dins meu, arrapada a la meua pell, un espai conciliador on romandre. Ja no em subjectes, que has marxat a la cuina a buscar el remei que un dia també va ser del papa. Ara em cuides, com també el vas cuidar a ell, que t'agrada veure'm, que em tens subjugada i que ja no em puc revoltar, que soc diminuta com una formiga perduda i espantadissa que es mira derrotada el calçat del gegant que l'aixafarà.

Els teus passos de nou, que se m'introdueixen a les orelles com cops de tambor. T'agenolles al meu costat i em poses una mà que m'estreny el front, que em deus voler tranquil·litzar però jo només penso que mai la vaig notar en dies que m'encenia el cap quan era menuda. Em poses els dits a la barbeta perquè aixequi una mica el cap, i m'aproximes a la boca la beguda ataronjada on no hi ha pastilles perquè ja estan dissoltes dins. Que això és el que em dius quan et deturo perquè el papa també prenia pastilles, però tu em respons que ja hi són dins, que així és més fàcil i al papa també l'hi feia així, al final; dues últimes paraules que et surten ben fluixet, vacil·lants. La teua mà m'obre la boca suaument i em dona el biberó que és dels adults. Després em neteges la humitat dels llavis, i no et reconec en aquests gestos de ballarina de ballet, que el tigre ara és un gatet entendrit ple d'atencions per mi.

Tanco els ulls i busco el pare en la calma feta de foscor, que la panacea que ens recupera del que ens va per dins i se'ns manifesta per fora ara també és meua, papa, i et retrobo en cada glopada que no en voldria deixar de fer. Et retrobo a tu i em retorna la imatge que et destrueix, la botella tombada encara amb un cul de líquid dins, que és una línia horitzontal que navega tranquil·la, que no hi ha marees ni onades que facin por, i desemboca en una mar que s'obre al teu voltant i que desfà el color ataronjat perquè ara és incolora, una taca humida al teu voltant que t'ha portat qui sap on, i sobre seu un estol de pastilles com barques diminutes i emblanquinades que t'han ofert l'últim bany abans de l'adeu per sempre, que ja no en queden a la caixeta buida i quantes te n'has pres, papa.

Pobra noia, si deien que estava molt lligada al pare, mireu-la, que hi és però no hi és, que fa feredat, pobreta meua, ai... Les converses del tanatori també em venen amb tu, papa, que la gent sempre parla, que no sap fer altra cosa que parlar i parlar, que no em coneixen però parlen i demà ja ni es recordaran de mi. Que no puc sofrir la gent que parla a tothora, corrent de paraules buides i estúpides que no aporten res, que criden les meravelles de la pròpia vida als quatre vents perquè no saben parlar d'altra cosa, que els altres fan que sí i prou que tenen mandra de clissar les veritats entre tantes mentides encobertes, mentre esperen el seu torn per a nou contingut anodí i fal·laç, que és igual si el teu cos és allà inert, que tu no ho suportaries, papa, que van al tanatori amb cara de pena i per dins pensen que sort que no se'ls ha mort el seu xic, el seu pare, el seu fill o el seu marit, que la mort d'un altre sempre és una victòria pròpia, una alenada d'aire per als que s'han mantingut intactes, que han allunyat una mica més el final. I les meues companyes de classe que hi desfilen, com una passarel·la de moda en què toca vestir roba apagada, cara d'aflicció i paraules de consol que han portat apreses de casa, i a mi no m'importa la cara que em fan o el que em puguin dir, que només vull que marxin, que no entenc per què elles tenen pare i jo ja no, que per què jo no i elles sí, que per què jo, que per què he de ser jo. Que veig la Meri i l'Ada, que han vingut amb la resta de companyes perquè hi han de ser, que no sé ni si se m'han acostat, potser sí que m'han dit alguna cosa cordial perquè és el que toca, però no ho recordo, i les miro a totes i compto tu tens pare, tu també i tu també, i totes és que sí, i alguna no té mare però això tant em fa, que sí que té pare que és el que compta.

Ja pot ser forta, ja, la Carme, després del que va passar amb el pobre Pep i amb els seus pares, que és com si la mort la persegueixi. Caço converses aquí i allà, que m'he allunyat del niu de gent i m'he assegut en un racó amb el iaio, que ell no parla i jo tampoc. Feia mils que no ens vèiem, que el pare va deixar de conduir i ja no podíem anar al poble, que és on s'està el iaio i no n'ha volgut sortir mai. Té demència i el cap li falla força, cada vegada més, però diu que a la residència el cuiden com un rei. Quan la mare m'assenyala, ell estreny la cella molt amunt amb tot el front de sols muntanyencs, tanca fort els ulls i els torna a obrir, llavors fa que sí amb el cap i no diu res més, s'asseu a la butaca del racó on vaig jo després a la recerca de poques paraules. Respira molt fort i això em calma, que la gent parla del Pep i no entenc qui és i què passa, amb el pobre Pep. Deixo anar la pregunta a l'aire, però què ha de saber, el iaio, que té els ulls tancats i potser s'ha endormiscat. Els torna a obrir, em mira i em diu Mercè...

ets com la Mercè, i la Mercè era la iaia, que no en sé res però el iaio ja no diu res més. Al cap d'una estona em torna a mirar i els ulls se li han enfosquit, plens de passat tèrbol, que mira el noi, Mercè, què li has fet, al noi, que jo marxo i ja t'ho faràs, que no puc més. Torna a emmudir com si res, parpelles abaixades, fins que se li alcen de nou i deixa'l anar a la revetlla, fes el favor, no el pots tindre sempre aquí, no el pots retindre sempre amb tu. I jo no dic res que vull que parli, conta'm més coses, iaio, per favor, però ja no hi haurà més paraules per enllaçar les peces desencaixades de la història del pare, el meu petit adult més estimat.

Ara soc jo la que m'he endormiscat al sofà, que m'ha fet efecte el remei de la mare, i ja no hi ha el iaio ni l'altra gent. La mare s'està a la butaca del costat, que mira absorta algun programa de la tele. La miro, que les llums de la pantalla li emblaveixen el rostre, i ni empal·lidida no perd la carcassa de la roca més dura, que riu i es diverteix, que ja ha deixat de rebre embats de les onades, que han marxat marea endins per sempre, oi que sí, mama, que a tu això ja t'està bé.

—Qui és, o... qui era, el Pep? —que l'arremeto de cop ara que està més tova. Ella gira el cap de sobte, em clava els ulls que ja no són de gatet, s'alça per obrir el llum que ja no importa si et molesta, i sento que mormola que veig que ja et trobes bé o alguna cosa així, mentre torna amb passos forts a la butaca.

—La Rosana i jo teníem un germà petit, que ens portàvem de dotze anys. Era... era el nostre nen, el nostre nino, i... i ens desvivíem per ell. Però... el Pep va morir amb els pares a l'accident de cotxe, quan teníem setze anys, i ens van... ens van arrancar una part de nosaltres mateixes... —parla que mira la pantalla, que no em mira a mi, que parlar del Pep la torna humana i això no m'ho pot mostrar, que ha de tindre la pell de brau i el cap ben alt, pel que fa a mi.

—I per què no me n'havíeu parlat? —li dic encara que en sé la resposta, que no et deixaré que amaguis la debilitat que també tens, que vull que et sentis danyada i dolguda, que pateixis com jo, que baixis al nivell de la Terra on som tots, que tu no estàs per damunt de ningú.

—Per què te n'havíem de parlar? —m'escomet, que ara és la mare de sempre, altiva com l'oca que duu a dins i que sempre em clissa les intencions.

—Doncs, no ho sé, en aquesta casa ningú parla mai de res, com el papa, que no em volia parlar de la iaia, que no sé ni el que li va passar! —i començo a aixecar la veu, que penso en el iaio i en la seua Mercè, que no deixava anar el nen de festa, i n'estic farta, de soterrar les coses que ens fan ser el que som.

—Bah, el papa no parlava de la iaia perquè saps que es posava d'aquella manera, que la Mercè va morir de pena i ell sempre se n'ha sentit culpable, que quan tu vas nàixer ja no baixava tant a veure-la i... doncs això, que la dona no ho va suportar, que sou tots de sang massa dèbil, en aquesta part de la família, ves qui em demanava a mi... —però calla, i fa un moviment de mà com per apartar les mosques molestes que la voregen i que som nosaltres, el paquet dels dèbils que conformem el pare, la iaia i jo, del qual només resto jo, vaixell sense vela que titubeja enmig de l'oceà. La mare continua impassible amb la tele, encuirassada del mal del món, tot i l'ombra del Pep que li dibuixa una petita espurna rere l'ull, que intenta netejar amb un moviment del dit cada vegada més intens que li deixa tot roig i que no marxa. Burxa i que et faci mal, que et ragi sang i n'omplis bassals fins dessagnar-te, penso mentre m'allunyo d'ella, que vull marxar d'aquí, i en el territori segur que és l'habitació intento reconstruir la vela que em dissenyi una illa dins la mar on poder trepitjar de nou.

***

És el meu divuitè aniversari i no hi ha festa grossa enlloc. La Violeta i jo passegem, que avui bé t'he de traure de casa, m'ha dit quan he obert la porta i me l'he trobat per sorpresa. Li dic que sí, que d'acord, però que en qualsevol moment em trucarà el Quim i hauré de marxar, que em vol portar no sé on. Ens asseiem en un banquet a l'ombra i ens fem aire amb les mans, que el sol d'agost avui està afamat i és insuportable.

—Vindré amb tu a Barcelona, ja ho he decidit —li deixo caure sense més.

—De veritat?! —fa amb un somriure d'orella a orella.

—Sí, he de fer com tu, necessito marxar d'aquí, no ho sé, necessito posar distància. No puc estar amb la mare, no puc estar només amb ella, de veritat que m'ofego, que m'ofega, em costa aguantar-la, és tan... ahh, són tantes coses que no sé ni què dir! —em lamento, amb les paraules que col·loco unes sobre les altres que no sé si s'ha entès res.

—Jo encantada que vinguis amb mi! Ja et vaig dir que de moment et guardaria l'altra habitació per a tu. Ai que bé, juntes a Barcelona, no m'ho puc creure! —i penso que tant de bo pogués compartir la seua alegria, mentre traço un somriure tort amb els llavis—. Però escolta'm, què faràs, al final? Allò que et va dir el Quim de l'any sabàtic?

—No, no, i ara! Necessito fer coses, estar ocupada, omplir el temps, ja m'entens; si em deturo penso massa i me'n vaig on no cal anar —però callo que no vull continuar per aquí, que potser ja he parlat massa—. De fet, ja he triat l'escola de cuina i començo en un mes, com vosaltres —i torno a il·lustrar el mig somriure.

—Ja... jo ho trobo fantàstic, que hagis decidit això. Que... d'això, com estàs?

—Doncs...., no ho sé, prou bé, generalment bé, tot i que de vegades m'entren paranoies i em trastorno una mica, no sé com explicar-t'ho, penso en la mort i m'agafa una cosa... m'entra molta calor i alhora estic tota freda i tinc el cap difús i em costa respirar... però bé, bé, només és puntual, de veritat —em quedo callada i amb el cap abaixat, que un altre cop he dit més del que volia, que no és que no ho vulgui dir sinó que com s'ha d'entendre, això que em passa, que pareixo una boja i sempre m'encasello aquí—. El trobo molt a faltar, això sí, però em fa que això serà així tota la vida... Somio molt amb ell, saps, és... és bonic, poder-lo tindre en somnis i... abraçar-lo —i acabo aquí que no cal que et digui que no tots els somnis són de colors, que n'hi ha d'altres que em fan mal, com el d'aquesta nit, que és el mateix que el de tantes altres, que el pare em pren el braç esquerre i se l'emporta amb ell, com un guardó valuosíssim, i sempre és el mateix braç, i jo que em quedo més sola i perduda que mai, sense braç i sense ell. I jo que ho vull entendre, que ho he d'entendre tot, i el que entenc que no sé si ho entenc bé és que m'han pres una part de mi, que en vetlla és ell i en el somni és el braç, com la cendra, que em diu que mai et tornaré a tindre corpòriament, sinó només desmaterialitzat, dins el meu cap, que quan no ets matèria no et puc atrapar.

—Va, que ara estaràs a Barcelona, com el Quim! —la Violeta canvia de tema i diu qualsevol cosa per esborrar-me el rostre trist que se m'ha marcat, que potser ja entreveu que un dels motius principals que em porten a la capital és ell, el Quim, que fins i tot em quedaria amb ell al pis i no amb tu, Violeta, però sé que encara no toca, que encara és prompte per a això i que no l'hi puc ni plantejar; no, encara no—. Per cert, Nur, explica'm això del Quim, on dius que et portarà, avui?

—Doncs no ho sé, la veritat, és sorpresa —i li regalo un somriure tímid que ara és més de veritat.

—Jo tinc una cosa per a tu —em diu, tímida. I m'allarga un paquet en forma de llibre, que destapa la història d'amor més bonica, que ara ja no l'he d'imaginar que la tinc ben a prop, el Quim i jo convertits en els nous Fitzwilliam Darcy i Elizabeth Bennet, els ulls que em brillen i la Violeta, que ho nota, continua, visiblement contenta—: com que sempre dius que et va encantar i que el vas llegir de la biblio, he pensat que potser el voldries tindre.

—L'has encertat de ple, m'encanta! —i li faig una abraçada fugaç que em sorprèn a mi mateixa, que entre nosaltres sempre hem mantingut un vincle més aviat fred, de paraules càlides sense mostres físiques d'afecte—. El penso rellegir tantes vegades! —em quedo un moment pensativa, encara entusiasmada, i després prossegueixo—. Saps, ara me n'estic llegint un que també em té completament captivada, la relació entre el Gatsby i la Daisy...

Però en aquell moment em sona el mòbil i és el Quim, que em diu que ja ve a buscar-me. M'acomiado de la Violeta amb una mica de pressa i després d'haver-li donat les gràcies moltes vegades, i torno a casa, sumida en el pensament que a veure on és que em vol portar el meu príncep blau fet realitat, que ja no el puc esperar més. Quan arriba, em fa una abraçada d'on no voldria sortir mai, em va a buscar alguna cosa que no puc saber a l'habitació i, després, emprenem camí. Està concentrat en la carretera i jo no puc deixar de mirar-lo embadalida, fort i ben moreno, ara que el sol li ha deixat la senya de l'estiu, els cabells més enrossits, tot ell tan perfecte que és com si l'envoltés una bombolla d'aigua i sabó que fan els xiquets i que en qualsevol moment s'hagués de trencar, i m'he de pessigar la pell que em costa de creure que sigui veritat, i que la bombolla aguanti, per l'amor de déu.

—Què fas? —em pregunta, al final, que em veu completament abduïda.

—Mirar-te.

I no em demanarà en què penso perquè ell és així, quan jo d'ell ho voldria saber tothora. Fa un somriure plàcid i torna a la carretera, que no necessita dir res més i és com si fos amb el pare, amb llargs silencis que no ens cal omplir, només compassar-nos a una vida tranquil·la i sense grans saraus, que el soroll ja em va per dins i és estrident, cops de bateria que m'espeteguen fort al cap, i algú ha de governar un piano suau que el calmi. Li parlo del regal de la Violeta i m'assenyala darrere, que ell també té un llibre per a mi. L'agafo ben engrescada, desfaig el paper a poc a poc i m'adono que m'ha regalat una part d'ell mateix, el llibre que més l'ha marcat i que em permetrà descobrir-li tot el que no em diu amb paraules. Ara sabràs què és l'esfera més opressora que et puguis imaginar, la del Gran Germà, que em diu, una mica tímid per destapar-se'm d'aquesta manera, i jo que somric com un estaquirot i només penso que voldria viure per sempre sota l'opressió única del teu mandat. Continuem fent camí, en direcció al sud, i crec que ja sé on anem, el tros de mar que va veure créixer el meu pare.

—M'has anat a buscar el biquini, oi, a l'habitació?

—Tot ho vols saber, tu —em diu, amb un riure enjogassat en què em voldria perdre.

XV

Ja fa unes setmanes que han començat les classes a l'escola de cuina i encara no tinc un grup d'amics amb qui asseure'm. Quan arribo, al matí, sempre saludo el grupet dels guais, que es col·loquen tots junts davant del professor i que sempre intervenen i saben què han de dir en cada moment. Xerren i fan gresca entre ells que és com si es coneguessin de sempre i com si no hi veiessin més enllà d'ells mateixos, mentre els altres ens movem petits i replegats com bales de colors, amb el cap acotat, escampats i solitaris tot al voltant de l'espai de la classe que no els pertany. Però jo vull que em vegin i per això els saludo, dia rere dia, i un d'ells que sempre em retorna la salutació amb un fil de veu, al final, quan ja me n'estic allunyant. M'he fixat en ell perquè sempre té un llibre al costat amb què s'entreté quan té una estona, com ara, que la portada anomena el japonès de què tothom parla i que jo encara no he llegit mai, i suposo que ha vist que jo sempre tinc el cap resguardat entre pàgines i paraules que conformen històries de ficció esperant que els professors comencin les classes, que d'alguna manera m'he d'entretindre mentre no tingui amb qui parlar.

El professor de seguretat i higiene alimentària tarda una mica més del compte, i els meus ulls i els del Santi s'encreuen de nou i em somriuen, més enllà del bon dia de fa una estona, i jo li retorno el somriure abans de continuar amb les pàgines plenes del joc brut entre el Xavier i la Juna, però ja no em concentro, que tant de bo s'alci i es posi al meu costat, i així d'un dia per l'altre em rescati de la intranscendència i amb la seua mà ben ferma sobre la meua em condueixi al lloc dels guais.

A l'hora lliure del matí, decideixo anar a fer un tomb per la biblioteca que hi ha ben a prop, que necessito recarregar-me de llibres per a l'escola i algun altre per llegir, que cada dia en vull agafar de nous i la muntanya de pendents de la tauleta de nit em desafia constantment, que és com si em volgués dir que dona'm un descans que mira'm que cauré, si igualment tots no els podràs llegir. Però no en faig cas i, com no pot ser d'una altra manera, carrego llibres per sobre de les meues possibilitats. Em vull encaminar cap al mostrador però em perdo entre els passadissos alts i estrets d'aquesta biblioteca inacabable, que no és la primera vegada que em passa. Segueixo avançant, entre les vores de les estanteries i la paret, perquè tinc la sensació que aquest passadís minúscul per on vaig va més enllà i potser hi trobaré la sortida. I no sé si és perquè sempre vaig encaboriada ment endins que, de sobte, topo contra una altra persona, em disculpo i comencem el típic pas de ball per veure cap a quin cantó ens n'alliberem, però es veu que ens entestem a seguir el mateix camí.

És llavors que alço el cap, derrotada, i veig que no és una altra persona sinó que soc jo mateixa, i un espill arraconat el que em nega el pas endavant, malgrat projectar un passadís fictici i una doble davant meu. Faig un salt espantada i els llibres em van pels aires. Miro per totes bandes avergonyida que per favor no m'hagi vist ningú, i un noi que conec se m'acosta que no sé d'on ha sortit, que no sé si ha vist el que acaba de passar, el gran ridícul de la meua vida. No deixa de somriure mentre m'ajuda a recollir els llibres, que segur que ho ha vist tot, però no diu res. Estic tan torbada que no aconsegueixo mirar-lo ni dir res, i és ell que em diu, mentre assenyala el llibre de Murakami que té entre mans aquests dies, que ha vingut a llegir una mica i que just es dirigia a prendre alguna cosa a la cafeteria del costat, que si el vull acompanyar. Encara ben enrogida, em digno a aixecar el cap i el veig tan maco, agradable i simpàtic que no entenc res, no m'entra al cap que em convidi a anar amb ell pel món si fa una estona jo encara era aquell ésser insignificant que s'amagava rere un llibre per no deixar veure'n la fragilitat, que mireu tots, soc forta i no m'importa seure sola, quan en el fons estava reclamant a crits insonors que algú s'assegués amb mi.

—Som com els bitxos rars de la classe —em diu el Santi, distès, mentre ens dirigim a la cafeteria—. Vull dir que ens interessen tant els llibres com la cuina —continua, mentre amb els llavis fa un somriure ben tendre que li escau tan bé com els ametllers al mes de febrer—. Com és que has decidit estudiar això, si és que t'ho puc preguntar?

—Sí, sí, i tant —responc ben ràpid, però de sobte penso en el pare i en les nostres mil batalles a la cuina i no puc dir res, que se'm fa un nus a la gola i he de rascar i tossir però no s'acaba de desfer.

—Jo és que vaig descobrir ben prompte que volia ser vegetarià i vaig decidir que m'agradaria crear una branca culinària vegetariana amb segell d'autor, de qualitat, saps què vull dir? —explica el Santi per salvar-me del silenci, que ha degut intuir que hem entrat en territori pantanós—. Em pareix que encara hi ha un espai buit, per a això, i la idea m'engresca, a més que cuino des que era menut i crec que no hi ha cosa que em faci més feliç —continua, ben entusiasmat i amb una rialla oberta que és ben natural, i m'adono que m'he quedat mirant-lo amb cara de babaua, que ja estic fantasiejant que tampoc passaria res si la cosa no sortís bé amb el Quim, que no s'acabaria el món i tot seguiria rodant, que hi ha altres nois guapos i interessants com el Santi que em podrien oferir una realitat igual de gustosa i ensucrada. Que potser l'atrac i per això m'ha convidat a la cafeteria, i ara no sé si li hauria de seguir el joc, si és ben maco, i potser estaria bé però què m'empatollo jo ara, si estimo el Quim més que a mi mateixa i em podria imaginar moltes coses però no una vida sense ell. Moc el cap per espantar-me les mosques que em van per dins i ja som asseguts a la cafeteria.

—Cuinar és... és l'únic que em salva quan tot se'm fa una muntanya —se m'escapa fluixet entre les dents, i ell que ho sent i em clava uns ulls enigmàtics, però no em preguntarà res, que és molt prompte, per demanar segons què.

I allí, amb una copa de cervesa i una tassa de cafè amb llet que és més de llet amb cafè, formant una parella que no encaixa gaire sobre la taula, ens en desentenem i ens trobem tots els punts en comú, que en són molts i és com si haguéssim nascut per trobar-nos. Les paraules ens encaixen i s'atreuen com imants, omplint els buits que no sabem ni que tenim, com si estiguessin escrites per a nosaltres. Les mosques em retornen orelles endins i deu ser normal, sentir-se atret per una altra persona mentre estàs en parella, que és molt difícil empetitir-te els ulls i no veure-hi més enllà, que la vida corre i té molts al·licients i el que compta no és el que et passa sinó el que fas, però què et dius, Nur, si l'acabes de conèixer i ja te'n vas per les rames, que ja t'imagines un futur plegats fet de roses i violes quan en veritat no el vols, que a tu el que t'agrada és que li puguis agradar, que sempre t'ha agradat agradar i per això t'està bé anar amb els guais com l'Ada, però que tampoc és això, que a tu el que realment t'agrada és inventar-te històries per volar lluny de la realitat que t'és palpable, si fixa't que no saps ser sense el Quim que encara has d'aprendre moltes coses, que el papa no el tornarem a veure, Nur.

—Escolta'm, t'animes a sortir de festa aquest dijous? Ja veuràs que bé que t'ho passes, i et presentaré al grup! —em diu el Santi quan ja acabem les begudes, que és que he de marxar, que la batalla amb mi mateixa que es combat al meu cap m'ha deixat baldada i vull veure el Quim, que és l'únic que em sap tornar a la mar calma. Però primer li dic que sí, que clar que aniré a la festa, si jo el que vull és deixar de ser un llapis que abandones en un racó de la classe per la peresa de fer-li punta i convertir-me en un subratllador que brilla a tots colors.

Pujo al metro fent saltirons, però no baixo a la meua parada, que baixo a la del Quim. Els rostres apagats de cada dia que em trobo al metro i al carrer ara són lluminosos, i els saludo, hola, hola, aquí i allà, que és com si estiguéssim de festa major, però ells no senten la música i em miren com si alguna cosa no acabés rutllar, en mi. El company del Quim m'obre la porta, i m'acosto lentament cap a ell, que encara no m'ha vist. Té el cap enfonsat davant d'un foli ple de fórmules que jo mai seria capaç de desxifrar, i el llapis entre dos dits que mou de cantó a cantó. Li faig un beset al cap i l'envolto per darrere, enclotada als seus cabells que són un jardí de les flors més dolces.

—No t'esperava, tan prompte —em rep, amb un somriure als llavis.

—Ja! És que no em podia esperar a dir-te que ja he fet un amic! —li dic, i al moment l'abraço encara més fort i faig un salt sobre seu.

—Un amic? —em pregunta, amb un to estranyat que li enfosqueix el rostre, quan encara em té al damunt.

—Sí, sí, sí! Aquell xic que et deia que sempre em torna la salutació, al matí; Santi, es diu. Estic molt contenta! —m'alço de les seues cames i em giro amb el propi cos fent una volta, que no puc deixar d'exterioritzar el meu estat d'ànim. L'estiro amb la mà però ell no es vol aixecar, sinó que referma encara més la cara de pomes agres que ja entenc què li deu anar pel cap—. I això no és tot, que m'ha dit que vagi amb ells de festa el dijous a la nit! —continuo, que encara li agafo la mà i el miro ben fixament, que m'adono que m'agrada palpar-li la taca obscura que li va traient el cap darrere els ulls.

—Vaja, no cal que ho juris, no, que estàs ben contenta —diu, allargant grotescament les dues últimes paraules—. I no t'ha passat pel cap que potser busca alguna cosa amb tu, aquest xic? —em demana, amb el cap que mou de banda a banda—. No em pensava que podries arribar a ser tan innocent, Nur —sentencia, al final, que intenta justificar-me el que no caldria.

—Què dius, no va per aquí, la cosa. Simplement, hem estat parlant, que hem anat a una cafeteria, i ens hem entès bé, només això, hem tingut conversa per a tota l'estona —responc, mentre participo activament del canvi del meu príncep blau, que ara es descorda la capa de cavaller, estreny la cara, prem els punys, d'un salt brusc allibera la cadira i camina de banda a banda, enseriosit com el Darcy que el fa ser, curiosament, més real.

—Tens una manera molt curiosa d'arreglar-ho, tu, ja no sé si creure'm si és innocència o què és —fa, amb el posat greu i el cap abaixat que no es deu atrevir a mirar-me per si als meus ulls hi troba la resposta—. Així que heu anat a una cafeteria i heu tingut conversa per a estona... —es diu, que no parla per a mi sinó que parla per a ell, que es vol assegurar de tot el que li he dit encara que no li agradi ni mica—. No em puc creure que els xics i les xiques puguin ser bons amics, ja m'entens, què vols que et digui...

—Ah, és això, i la Júlia, doncs? —li pregunto, recordant tantes rialles i converses íntimes que mantenien a l'institut i que a mi em deixaven completament vençuda.

—És diferent, la conec des que érem dos pets, que era com si fos una germana i entre els germans mai no passa res, oi que no? —es justifica.

—Ja... Deixa-ho córrer, l'únic que ha d'importar aquí és que si es donés el cas que el Santi volgués una altra cosa, que no ho crec, tu hauries d'estar tranquil per mi... si és que encara hi confies —però el Quim m'aparta la mirada i es tanca a l'habitació, i jo em quedo mirant la porta tancada que no sé si anar-li al darrere o marxar, però decideixo marxar, que sé que ara vol estar tranquil i un mig somriure que se'm traça a la cara, que s'ha posat així perquè m'estima, perquè m'estima de veritat i té temor que de cop prefereixi alimentar-me del pol·len d'una flor que no sigui la seua, que de tant en tant a ell també li cau un plat, i un got, i un altre, i tot s'esquinça en mil bocins al terra per molt impossible que pareixi, que el blau ara s'ha tenyit de negre i tot pren més sentit que mai.

XVI

M'omplo la mà de crema i me l'expandeixo amb cura per tot el cos, una capa rere l'altra, que vull que l'olor de coco es noti només de girar el cap, moure les cames, alçar un braç o bellugar els malucs, que capti l'atenció del Santi i de tothom i que se'm vulguin apropar i omplir-me la pell de besets i carícies, ben apegats a mi en tota la nit de balls inacabables. La Violeta trau el cap a l'habitació i em diu que òndia, t'estàs posant maquíssima, maquíssima, maquíssima. Li faig un somriure ampli i em sap greu no poder-la convidar a vindre amb mi, però és la primera vegada que surto amb aquella colla i millor que encara no et vegin, Violeta, una altra vegada serà, t'ho prometo, que tu tampoc ets gaire de ballar. Em pinto els ulls amb ratlla, rímel i ombra negres, que l'obscuritat m'amplifica la intensitat de la mirada i ja m'imagino el Quim dient-me que és un vici, mirar-me aquests ulls que em parlen per cada pestanya, però que no entenc exactament el que em volen dir, que m'arrastren dins i em quedo a l'espera que em vulguis parlar de tot el que et turmenta, perquè em parlen d'una tempesta que faria tots els possibles per deturar-la només que em diguessis com fer-ho.

El Quim, ai el Quim, que encara està força moix perquè no li fa cap gràcia aquesta festa, però que com més empipat es mostra més em puja una energia desconeguda que m'empeny a anar-hi a passar-m'ho bé i oblidar-ho tot, fins i tot a ell, que no s'ha atrevit a dir-me que no hi vagi en paraules però sí amb els silencis intencionats i la brusquedat de les faccions. Que el rostre que ara el vesteix me'l fa més vulnerable, més atractiu i més irresistible que mai, el meu Quim insubstituïble per miler de balls que pugui fer. I em retorna el pare i tots els dies que em vaig quedar al seu costat, que no me'n puc penedir perquè no n'hi haurà més, de moments per a nosaltres sols. De repent sento com una veu, una remor que no sé d'on ve però que és com si em parlés per dins, que ara ja ets lliure i pots volar, filla, tan lluny com vulguis que no et passarà res, que els ulls del Quim són els meus ulls que et cuiden allà on siguis, però no l'oblidis, aquesta mirada entendrida i reblerta d'amor que només et vol bé, tot el bé que es pugui reunir amb les mans plenes per a tu.

Surto apressada del pis que aquesta nit no em van bé, els esguards protectors que em sotgen durant el dia, que vull ser jo tota sola a la meua bola sense haver de justificar-me per res. M'he d'anar abaixant la falda que se m'apuja massa, amb les gambades ràpides que he de fer per deslliurar-me dels ulls que em persegueixen. M'he vestit tota de negre que així em puc camuflar en les tenebres i fer tot el que la claror no em permet. Remeno per la bossa i trac una botelleta de plàstic. Em bec d'una glopada el líquid que hi ha a dins, que vull que m'obscureixi també la vista i el cervell per espantar qualsevol que vulgui interferir-hi, i que és molt més fàcil, arribar a un lloc nou quan ja t'has posat a to, no ens enganyem.

Ja els veig, a un cantó de l'entrada de la discoteca, apinyats entre altres colles que també esperen per entrar-hi. El Santi em fa un somriure ben ampli i m'acosto a ell, però em paro un moment davant seu que no sé si abraçar-lo o què fer-li, i per sort és ell qui s'inclina ben ràpid per fer-me dos besets que no em deixen pensar. És el moment de les presentacions, i el Santi em dona un reguitzell de noms que no podria oblidar per res del món perquè jo també vull ser una de vosaltres, fins a arribar al Mateu, l'últim de la llista, que en nàixer es va emportar tota la bellesa que els déus reservaven per a un, l'elegit, amb els cabells pintats de sol i aquells ulls del color de la mar que no m'importaria que m'arrastressin a una illa deserta i m'estiguessin vetllant la nit sencera. Noto que els xics em guaiten de dalt a baix, que ells no en saben, de dissimular, amb una expressió de mira tu, si és ben maca i no ens n'havíem ni adonat, tan centrats com estem sempre en nosaltres mateixos que no albirem més enllà. Però el Santi no em mira a mi, que està pel Mateu, que ara trau el mòbil i es posa a escriure a qui deu ser la seua parella, que ja me la imagino tan bonica com la primera estrella que s'obre al cel després d'una nit de llamps i trons.

S'obren les portes i m'emporto amb urgència el Santi a la barra, que necessito una mica d'alcohol per començar a moure un cos que mai no ha tingut coordinació per ballar. M'adono que ell no deixa de mirar endarrere, i em fa una mica de ràbia, ep, que soc aquí davant teu, que ja veig que preferiries una altra companyia però que ets tu, precisament, qui m'ha convidat, però aturo el curs del riu que és el meu cap i només li demano si tot va bé.

—És el Mateu... —em diu, al final, mentre encara el fita.

—Què passa, amb el Mateu? —li pregunto i giro el cap, per mirar-lo jo també, que ja m'agrada, clavar-li els ulls.

—Res, si és que no pot ser més guapo, però... res, res, perdo el temps —i es posa una mà al cap i fa un somriure de banda a banda.

—Bah, ni que fossis gai! —que amollo sense pensar. Ell em mira i riu, es doblega i riu sense parar. Ens porten les begudes però no podria beure que s'ofegaria. Jo agafo el got i me n'empasso mig sense respirar, que em vull contagiar del seu riure que no entenc però que ja em va bé. Em pensava que ja ho sabies, aconsegueix dir, si ho sap tothom. Com ho hauria de saber, si fa dos dies que et conec, dic mentre ric que semblem dos figurants d'un espectacle de l'absurd, i em sorprèn que no caigui que jo encara soc nova, que m'acabo d'estrenar, dins d'aquest tothom, però que ja m'agrada, que m'hi faci formar part amb tota la naturalitat. L'estiro de la mà un altre cop, aquesta vegada per emportar-me'l a la pista de ball, i ballem que ens refreguem i ens abracem que ara ja no importa, que ell no té ulls per a les xiques, que tot s'ho endú el Mateu, que els dos el clissem i no volem que ens tragui la mirada de sobre, convertits en enemics postissos de la mateixa fletxa del cupido.

—Escolta'm, però el Mateu és gai? —li crido a l'orella perquè em senti entre tanta música, tot i que ja en sé la resposta.

—No, i ara! —diu sense perdre el sentit de l'humor, que tot ell és un cas, que no pot deixar de riure—. Si no pot ser més hetero, i a més té xicota —ens girem cap a ell i el repassem de dalt a baix, que fa conya ben divertit amb la colla dels xics—. Però somiar és gratis, oi que sí? —fa el Santi al final entre rialles cada vegada més sonores que es contagien sense que ho puguis evitar.

M'adono que tots ens miren, i que alguns s'acosten i es posen a ballar amb nosaltres sense dir res, que volen encomanar-se de la hilaritat que traspuem per tots els porus del cos en moviment. El Mateu encara es manté al marge, i decideixo anar a buscar una altra copa que m'ajudi a arrimar-m'hi i entaular-hi conversa, que m'adono que no sé ballar ni interactuar amb el got buit a les mans.

Ja a la barra, una cambrera se'm planta al davant, i la meua boca no demana el beure, sinó que em surt plantejar-li si mai, estant en parella, s'ha sentit amb la necessitat d'atraure algú altre. La noia riu, que li ha caigut en gràcia i avui tothom em somriu, i em convida a un xarrup de tequila amb llimona i sal, que ens fa brindar per la vida que avui em va de cara. N'hi demano un altre igual mentre em prepara el vodka amb llimona, i brindo sola pels ulls marins del Mateu, que per uns instants s'han clavat en els meus, que deu voler beguda i per això s'aproxima on soc jo. Encara no ha arribat que ja li demano si vol un xarrup, i ens unim per fer-ne un altre, que ara brindaré pels ulls que s'han quedat a casa i que em deixen sargir la nit amb fils que només són meus. La cambrera em fa l'ullet i em pregunta si és ell, i jo somric i ell també, que no entén res però ja són així, les nits de festa en què tot es distorsiona, entre màscares que ens permeten escapar de qui som.

Ens quedem a la barra una estona en què no hi ha temps, que parlem de la seua nòvia que estudia Magisteri, del meu nòvio que fa Matemàtiques, del restaurant de tapes creatives que ell voldria muntar, del viatge a Turquia i de la cuina de mil colors, de l'entrecot poc fet, de les moltes idees de plats de pasta que em van pel cap, dels espaguetis amb alfàbrega i salmó que m'he fet per dinar, que ell és més de carn, tàrtars i carpaccios, i jo de pasta i verdura, i també de peix, que el rèmol em fa perdre l'horitzó de vista, tan suau i tan ple de carn, i no podria viure sense els ous, també t'ho he de dir, ja siguin fregits, en truita, remenats o escaldats, ni sense la mozzarella de búfala, ni sense l'alvocat, ni sense el dolç, que així em va, dic, mentre em miro de dalt a baix i acompanyo el recorregut amb una mà. Què dius, si jo et veig estupenda, que em tempta ell, i no em diguis això que ara què hem de fer, que somric tota beneita mentre dic que quién fue a hablar, i ens encaminem a la pista que no cal dir-nos res més, amb les mans ben juntes que es van fregant però que no ens atrevim a tocar més del compte i amb una copa nova de vodka amb llimona que ja no sé quantes n'he begut.

Ballem i riem però ja no sé què estem dient, que em parles i és com si estiguessis a quilòmetres lluny, i hi ha dues cares i no sé quina és la que em parla, però les dues són teues i he de tancar els ulls i estrènyer-los fort, i els obro i estic a sobre teu, que és que he caigut i m'estàs aguantant mentre repeteixes rialler que no passa res, no passa res. Se'ns acosta una figura borrosa que pareix el Santi, que ens ajuda a recol·locar-nos i em diu que t'acompanyo a fora que et toqui l'aire, mentre em passa una ampolleta d'aigua que deu voler que en begui, i jo faig que sí amb el cap, que és l'únic que puc fer, trau-me d'aquí per favor, déu meu quina vergonya.

El Santi m'agafa per sota les espatlles i em condueix a fora amb tota la paciència del món. Em quedo asseguda al terra amb l'esquena recolzada i el cap contra la paret, que m'entri bé l'aire, i vaig fent sorbets petits d'aigua, mentre miro com el Santi pega copets a la paret amb la punta de la sabata, que em fa por que estigui enfadat, que ell sempre diu alguna cosa, però de cop es gira rialler i m'escomet que tu també has sucumbit als encants del Mateu, bandarra, però crec que t'has passat amb la beguda. Jo només ric amb la cara torta que no puc fer altra cosa, que si parlo em fa que ho trauré tot, que et veig aquí i allà, que tot em dona voltes, que mira'm els ulls, que et diuen que t'estan molt però que molt agraïts. El Santi abaixa la mirada al rellotge i fa cara de sorprès, si ja són quarts de cinc i això deu estar a punt de tancar, comenta, que si vols t'acompanyo a casa, i me'l miro de nou que gairebé em ploren els ulls, inundats de gratitud, que tu sí que ets una mena d'àngel que m'ha enviat el pare perquè em faci llum en les hores foscants.

Para un taxi i m'ajuda a pujar-hi. Em dona una bossa de plàstic i m'insisteix fluixet a l'orella que la utilitzi en cas que. Em tanca suaument la porta i s'asseu al costat del conductor, al qual va donant conversa perquè no es fixi gaire en mi, muntons de paraules incomprensibles que es perden en un horitzó cada cop més llunyà mentre se'm van tancant els ulls i em transporto amb el pare, que té tres braços perquè un és meu i se'ls trau i fa un joc de circ com si fossin pilotes, i veig que també ha begut, que es balanceja i no s'aguanta dret, que té un got a vessar de líquid ataronjat, i un altre, i un altre, i al final hi cau a sobre i es fa tota una trencadissa que és el soroll de la porta que m'ha obert el Santi. M'adono que obre els ulls com unes taronges mentre mira la immensa taca espessa i marronosa que s'escampa fastigosament per la porta del taxi. Li passo el moneder que no soc gaire conscient del que ha passat, i ell que paga com si res, que intenta dissimular el desastre.

—Ho... ho sento molt, no sé... no sé què puc dir. Ara truco el Quim perquè... perquè baixi, que no vull despertar el seu company. Ja... ja pots marxar, si vols... No... no t'esperis —li dic, barbotejant i visiblement penedida, quan el cotxe ja s'ha allunyat.

—Deixa-ho, tranquil·la, truca ràpid abans que el taxista se n'adoni i vingui a buscar culpables... —em respon amb el rostre seriós, que encara no l'havia vist mai sense somriures, mentre jo li dic que no sé com però que el compensaré.

El Quim baixa amb pijama i sabatilles, ben adormit que es frega els ulls, i em mira amb cara de circumstància que no entén què faig allí. Em troba asseguda a l'escaló de l'entrada, amb el Santi dempeus i repenjat a la paret al meu costat, els dos amb els caps abaixats que ja no tenim corda per dir-nos res més. El Santi se li acosta ràpid i es presenta amb la mà estirada que no deixa marge de reacció al Quim, hola, soc el Santi, perdona que et molestem però l'he hagut d'acompanyar que no la podia deixar marxar sola, en aquest estat... El Quim que es queda callat uns segons eterns i al final diu secament i amb unes faccions massa tibades que ja, vaja, gràcies, i també li estira el braç que si no quedaria malament, tot i la ràbia que li creix per dins i intenta engolir ben avall, que no vol que la feblesa li traspassi la pell davant els altres que no són jo.

El Santi em posa una mà al braç per acomiadar-se, diu adeu, bona nit, i marxa. Mirem com la distància el fa menut, menut fins que el Quim m'arremet que què faig aquí, que ho fas expressament perquè et vegi amb aquest, no, que no podies anar al teu pis com fa la gent normal, tu no, tu has de vindre aquí i refregar-me'l. Va, què dius, què t'empatolles, només que no volia dormir sola i li he donat la teua adreça, que em pareix que és una cosa ben normal, perquè tu i jo som parella, no? No, si ja veig que quan t'interessa sí que ho som, em respon amb el rostre encara massa tens. Passa amunt que mira't, no t'aguantes dreta, i a més, bah, no veus com vas, que t'has vomitat a sobre, i em fixa els ulls de fàstic damunt la falda embrutida. Ja parlarem demà perquè... perquè això... això no és normal, sentencia durament, i fem camí amunt que em deixa caure i no em vol ni tocar, que ves per on que ara no et diré que el Santi és gai i et faré patir, que no mereixes que t'ho digui, que jo volia passar el que queda de nit al teu costat i potser m'hauria hagut de quedar mirant la lluna amb el Mateu, que ell em subjecta i no em deixa caure, quan m'atrapa el remolí de la nit. I ja al llit, que no sé com hi he arribat, tanco els ulls i somric, amb el Quim a una banda i un Mateu que s'assembla al Santi a l'altra, que es trauen les espases i es disputen per mi en un racó inaccessible de la meua ment.

XVII

—Aquesta nit, si no et fa res, em quedaré a dormir a casa teua...

—Clar, saps que sí, sempre que vulguis —m'estreny la mà més fort i em mira ben endins dels ulls—. Ha passat res aquest matí amb ta mare?

—No... res de nou, però ja ho saps, no puc estar amb ella per gaire estona, i més... i més si hi ha aquell —faig un gran sospir amb tot el cos.

—Ai, Nur, segur que no ha passat res més? —continua el Quim, incansable.

Feia temps que no anava a casa, tot i que el Quim i la Violeta s'hi escapin alguns caps de setmana. A mi ja em va bé quedar-me sola a Barcelona, si tampoc no m'hi sento, amb tot el que em va per dins. Surto a caminar i no veig gaire enfora, que l'aire fresc em renova les idees i em podria atropellar un cotxe que no me n'adonaria. Com aquell dia que un cotxe despistat va pujar dalt la vorera, i uns segons abans una punxada al pit em va fer deturar en un banquet, i era l'àngel, que és el pare que sempre és amb mi, que en un moment el cotxe em va passar pel costat i es va quedar encastat a la paret, em va abraçar tot un aire calent i vaig somriure al pare, i al seu somni de fa anys que ja ho havia advertit, que ell volia que visqués amb més ganes que jo, que encara no et toca, cuca, reunir-te amb mi, i jo sempre et faré cas, papa. El Quim voldria que baixés més, que no li agrada que em quedi sola fent ves a saber què, que creu que surto massa amb la colla de l'escola, que ja no confia tant en mi, i la veritat és que l'entenc, però jo li dic que no, que el que vull sobretot és quedar-me sola i no és una altra mentida que és cert, però com ho pot entendre, això, una persona normal, normal i corrent, encara que sigui el Quim.

Ahir al vespre vaig arribar a casa i la mare era amb l'altre home, aquell de la pizzeria que la transforma en gata maula, que qui sap si ja s'ha instal·lat aquí, després de tot. Es van quedar muts quan em van veure obrir la porta, i vaig sentir com la mare empassava saliva massa fort. Tots ens vam quedar mirant, jo encara amb la mà al pany, fins que la mare es va aixecar del sofà i em va dir que quant de temps, ja podries trucar, de tant en tant, ja que no et dignes a contestar les meues trucades. El seu to no era ofensiu ni recriminatori, encara no, com podia ser-ho, amb aquell home allà. Què volia que li digués, no valia la pena que parléssim per telèfon si les tres vegades que ho havíem fet cap al principi només ens vam intercanviar dos monosíl·labs, mil silencis incòmodes i un adeu sec, que no ens embolcallàvem ni amb el bona nit. T'he enviat un missatge farà una hora dient-te que venia, però ja veig que has estat massa entretinguda per veure'l, li arremeto, amb la mirada clavada a l'altre, que gira el rostre que no s'atreveix a afrontar-la. La mare agafa el mòbil amb presses i fa que sí amb el cap. Sí, bé, no l'havia vist, doncs res, aquest és el Toni, em pareix que ja us coneixeu, comenta la mare una mica torbada, que voldria que tot plegat hagués anat d'una altra manera. Molt bé, jo soc la Nur, responc, veig que l'home reclina una mica el cap i prossegueixo que sí, ja ho sé, és un nom ben estrany però me'l va posar el pare, saps, i ara me'n vaig a l'habitació que estic cansada.

Ja no vaig sortir per res de l'habitació, vaig obrir l'ordinador i em vaig posar a xatejar. Quan em van retrunyir les tripes, em vaig empassar la galetes que duia a la bossa, i quan ja no em podia aguantar més el pipí, em vaig esmunyir ben ràpid al lavabo, anar i tornar, que no volia veure ni sentir res. El Quim que em deia a la pantalla que havia de provar d'entendre-la, tot i que entenia que amb tota la nostra història havia de ser difícil, i quina mandra que em feia el Quim de vegades, i com li costava posar-se al meu lloc, i el Santi que a l'altra banda em feia pixar de riure mentre imitava la cara espantadissa de l'home dels collons i deixa'm pensar que a veure quina trampa podem parar-li perquè marxi per no tornar mai més. La panxa em feia mal de tant riure, mentre el Quim buscava la manera que ens poguéssim entendre d'una vegada per totes, i deixa-ho estar, Quim, que no veus que és impossible, només et demano que em facis costat.

Vaig apagar els llums de l'habitació bastant prompte i em vaig posar els taps per silenciar el soroll del món que es concentrava en aquelles parets. Però em vaig remenar sense parar, que no podia dormir, que em sentia la casa al damunt i que em prenia tot l'alè, que la mare i jo no podem compartir el mateix aire per respirar, que obre la boca de fera amb dents espinades i tot se'l queda ella. Però el buf no m'entrava dins, que el notava que se m'escampava per tot el cos com una carícia. Em vaig estremir, era el pare, vaig saber que era el pare i em va agafar una temor sobtada. Em vaig tapar fins dalt que no em pogués tocar, però em notava esbufecs rere l'orella. Jo vull que siguis amb mi i sentir-te dins, però no així, papa, para, prou, per favor, no vull que em facis por, que tu no me'n pots fer, de por.

Vaig obrir el llum de la tauleta, vaig respirar amb els pulmons afamats i em vaig tornar a arraulir, esperant la carícia que no volia que arribés. En algun moment em vaig adormir i una imatge de la mare va inundar-me tota la visió. Estava abocant la maleïda beguda ataronjada a la boca del pare, que estava lligat a una cadira i s'agitava tot que no en volia, que parés que no en volia. Vaig veure el pot de les pastilles obert al marbre de la cuina, i què li estàs fent?!, quantes n'has tirat?!, para, para!, per què ho fas?!, i la intentava apartar, i cridava i li donava cops, però no era entre ells, que només era una espectadora més de la distància de la vida. Me'n vaig anar allunyant fins a trobar-me en una mena d'habitació buida, on no estava sola que estava amb tu, papa, que ja no eres un pres de la mare. Te'm vas aproximar, em vas estirar pel braç esquerre que em volies portar amb tu, i me'l vas arrancar que jo em mantenia ben ferma. Et vas allunyar com si res abraçat al teu trofeu que ja en tenies prou, per un passadís que em barrava l'entrada, estret, llarg i fosc que feia feredat, i després d'uns quants passos et vas girar per mussitar-me amb veu de seda que no ho digués a la mare, per tornar a donar la volta i desaparèixer acte seguit pel camí que llavors es movia tot sinuós com una serp i que es desfeia en cendra rere els teus peus, i vine, espera't, no em tornis a deixar, no puc viure si no tinc el braç que ets tu, què és el que no he de dir a la mare, de què parles, de quin somni parles, on som, però ja no et veia i així era sempre, el silenci de la vida de cada dia que havia de fabricar dins el meu cap perquè prengués sentit.

M'he despertat tota suada i anhelosa d'aire i ja hi havia llum que entrava per la finestra amb tires de rectangles allargassats. He palpat al meu voltant i he cridat el pare encara que sabia que ja no hi era i que ja no tornaria, que la llum del dia el dissol en partícules que no puc copsar. M'he alçat i d'un salt m'he posat sota la dutxa, amb aigua massa gelada que volia que em congelés els pensaments i que em tornés a la realitat de fora. Absorbida per les sensacions de l'aigua sobre la pell, m'he mirat la fulla d'afaitar de la mare amb posat interrogatiu, l'he agafat impulsivament, he serrat fort les dents i me l'he enclavat a l'avantbraç esquerre sense pensar-m'ho gaire, que el volia sentir meu. M'han començat a caure gotes cos avall, unes transparents amb piles de sal que no es veien, unes altres roges que han format camins que desembocaven a un bassiol estancat de terra molla. No notava l'aigua gelada, que tot em cremava, que era com si estigués saltant enmig d'una foguerada que no em desfeia, que no em podia desfer, que jo abrasava més que no pas ella, però estava viva, que estava plorant i la carn em feia mal i no podia ser l'infern, encara no.

M'he vestit ràpid i de qualsevol manera, que havia de sortir d'aquell pis, i la mare que s'estava a la cuina amb la bata preparant pacientment un esmorzar suculent que a nosaltres no ens feia per res del món. L'has oblidat molt prompte, no?, que l'he envestit amb els ulls clavats a les torrades que estava untant. Què dius, ara, Nur? Ja saps que hem de tirar endavant... Sí, ja, que li he respost, sobretot tu, que només que caminis una mica més ràpid ja no tindràs ni passat, però ja t'està bé, oi, que ho sé, que no ho diràs però ell et molestava, he prosseguit, amb la mirada ara estancada en el suc de taronja natural, del mateix color que la beguda del somni. Quantes vegades l'hi donaves?, li he dit sense deixar-li torn a rèplica, assenyalant el suc amb el cap. Però què dius, Nur, què t'empatolles? Aquell líquid ataronjat... Tantes com ell m'ho demanava, Nur, que ja saps que no estava bé. Deixa'm de dir Nur i deixa'm en pau, li he etzibat, amb les ninetes ardents que ara miraven directament les seues, abans de donar un cop de porta que emmudís els fantasmes d'aquell lloc.

—És igual... Escolta'm, i el Santi, per què no ha vingut, al final? —és el Quim, que em canvia de tema que veu que no en vull parlar, de l'enrenou de casa, que com li he d'explicar i parèixer mentalment sencera, les visites del pare, el seu tacte com un calfred, el somni, l'esmorzar i la beguda dels dimonis, que hi ha coses que no et puc contar ni a tu, Quim.

—No ha pogut, al final, i mira que es moria de ganes d'estar a la nostra festa major, és una merda... —i sé que realment el Quim hauria volgut que vingués, ara que ha deixat enrere tots els malentesos d'home alfa, que des que li vaig dir que era gai tot li va encaixar com un puzle abandonat que de cop pren sentit i ja el volia tindre a casa a totes hores, si és que no pot ser més divertit, repetia, i sort que al final te n'has adonat, pensava jo.

Quan li vaig parlar de la seua homosexualitat, ja havien passat algunes setmanes de la nit que el Santi em va portar a casa. I és que allò que al principi em divertia, que em feia veure el Quim dòcil als meus peus, es va començar a apilar arbre amunt, branques i més branques que es comunicaven amb altres arbres, i cada cop anava més lluny i em va fer temor, no que estigués contínuament empipat, sinó que es cansés i marxés arbreda enllà, apartat de mi per sempre. Per què no m'ho havies dit abans?, em va demanar el Quim. Perquè volia que confiessis en mi sense necessitat de dir-t'ho, que li vaig verbalitzar, mentre per dins pensava que sé que el problema no ets tu que soc jo, que soc jo que et faig ser així perquè, mira't, ara ets més de carn i ossos, Quim, com el meu pare, pobrissó, que no era perfecte, que ho era tot menys perfecte, però per a mi ho era tot d'aquella manera i de cap altra. Em vas passar una mà per la cara amb tota la dolçor que tens als ulls, i em vas dir que ja està, que ja tot ha quedat endarrere, com les llàgrimes que m'anaves fent desaparèixer galta enllà amb els tous dels dits.

El Quim em té agafada la mà que sempre té ben calentona, que ens dirigim a la plaça major per veure els actes d'inici de la revetlla. Hi ha una noia davant nostre que sobresurt entre la multitud i que duu una càmera, un trípode i una maleteta que pesen més que no pas ella. Alenteix el pas, que li està a punt de caure el trípode, i cada cop camina més torçada. El Quim em desfà la mà que corre a ajudar-la, i veig com arriba a temps per agafar-li el trípode. La noia mou la seua cabellera rossa i ondulada a un costat, gira una mica el cap i fa un gran somriure d'anunci de dentífric al Quim.

Feia anys que no la veia en persona però la identifico a l'acte, quan ells encara no estan per mi que s'han posat a xarrar. No podries fer com ta cosina, que ella sí que farà una carrera, farà periodisme, i no m'estranyaria que en pocs anys ja la tinguem a la tele presentant un telenotícies, amb aquella carona que té i tanta gràcia per parlar, que les càmeres la perseguiran. Molt bé, mama, que faci el que vulgui que jo faré cuina, li responia indiferent i sense aixecar la mirada, asseguda rere un llibre a la meua part de sofà. I sí que deu fer periodisme, la Mar, i també deu treballar per alguna tele, tal com preveia la mare, penso mentre la miro encara en una distància que em resguarda.

De tant en tant entro al seu Facebook i li miro les fotos, en què sempre surt ella de festa, ella al bar, ella a la cafeteria, ella al centre comercial, ella a la platja, ella a la muntanya, ella corrent, ella ballant, ella entre molts amics diferents, ella amb nois guapíssims, ella fent carasses, ella, ella, ella. Ella que és com una estrella lluminosa de les nits d'estiu, amb la cara llisa i blanca, els ulls clars, el nas petit que gairebé no es veu, els llavis carnosos, i aquella cabellera llarga i abundant que dibuixa ones simètriques de la mar serena en què molts xics voldrien romandre. Inconscientment, sempre acabo encavalcant el seu perfil amb el de l'Ada, que li és germà bessó, i la veig com juga a ser actriu pels escenaris secundaris de Madrid, que jo he nascut per fer teatre, clama a la seua descripció. Em quedo una bona estona abduïda contemplant-los les fotos fins que noto el mal que em puja panxa amunt, que es queda retingut al pit com un puny calent que prems amb força, i m'he d'imaginar que soc amb el Quim, que passegem tranquil·lament per un camp ben acolorit o per una platja verge d'arena blanca, que si el sé amb mi la resta es replega com una bala i no cou tant.

Noto una oloreta molt suau, de llet d'ametlla o vainilla, i és la Mar al meu damunt que m'està abraçant. Torno d'allà on m'he perdut que sento que diuen coses però no sé el què, i què fa la Mar tan afectuosa si no ho ha sigut mai, amb mi. El Quim ens sotja amb una cara estranya, que tampoc entén tanta efusió, que jo sempre li havia dit que no em feia, amb les cosines.

Es posen a caminar que han degut decidir d'anar junts fins a la plaça, i jo envio una ordre al cervell per seguir-los de prop. No hi ha res que encaixi en aquest grup de tres, i la Mar que parla, i només parla, que els caps de setmana treballo per a la televisió local, no, visc al poblet del costat, que també hi treballo algunes tardes, si em necessiten, que ara m'han encomanat d'anar a gravar els actes de la plaça, que m'encanta la tele, que m'hi sento tan còmoda, com si estigués a casa, i què millor que començar per aquí, si encara estic acabant segon, i els projectes més ambiciosos ja arribaran, que jo hi confio. El Quim només li fa preguntes i la mira amb cara de babau que no és possible que ja l'estigui admirant mentre l'altra s'allarga en disquisicions que li facin traure a la llum totes les virtuts que es creu, que ella és la més llesta i la més interessant, l'abella reina de la seua colònia que és el món sencer.

Vaig uns passos darrere d'ells que em sento que no hi soc, que la Mar s'infla en un globus preciós mentre jo em desinflo, que és que ella s'alimenta de l'aire que era meu. La deixo parlar que no puc dir res, que les paraules que s'esperen a la gola esclatarien en oprobis que em farien quedar malament, que ella s'ha vestit de bona nena i jo no em sé disfressar amb una altra cara. I em rendeixo que només els puc mirar, com els ulls del Quim contemplen aquell globus de llavis carnosos com si no hi hagués altre univers, i el globus preciós que es fa més i més gran que voldria engegar el vol núvols enllà amb ell però remeno per la bossa i agafo un imperdible, el desfaig i preparo l'agulla que et desfaci tan prompte com has vingut, que adona't que el Quim és meu, que només t'està ajudant i que després tornaràs al buit on eres abans d'aquesta trobada, una vespa empipadora perduda entre la multitud.

Per sort, la Mar ha de situar-se a primera fila per col·locar els instruments que duu, i tot i que ens convida amablement a anar amb ella, ens hem de quedar enrere, que hem d'esperar la resta de la colla i tots no hi cabríem. Doncs és molt maca, ta cosina, em diu el Quim mentre la veiem marxar. No, no és maca, Quim, no t'enganyis, el que és és molt bona posant-se màscares que no són la seua, responc alliberada quan ja l'hem perdut entre la gentada. Per què ho dius?, replica tovament, amb els trets interrogatius. No ho veus, que no ha callat, que només parla d'ella, que només sap parlar d'ella, de com li va tot de bé i de com n'és, de bona. Nur, però és que tu no li donaves corda, bé havia de parlar algú, que la defensa el Quim, i jo que empetiteixo els ulls i la boca de decepció que ja no sé què més dir, que només ho vull oblidar i sempre acaba guanyant ella. Bé, és igual, si total no la tornarem a veure, o això espero, concloc, secament. El Quim ja no insisteix més, i gira els ulls reblerts d'incògnita cap al camí que ha deixat la Mar, però ja no la troba, que només en queda l'ametlla dels cabells. Les tenebres m'entren al cap com un mal pressentiment, que espeteguen i ressonen com els tambors de la revetlla, i ja no serà un dia de festa i que passi i ja està, que tant de bo el Santi fos aquí, que amb ell sabríem recuperar els colors que ara s'han tornat de negre.

«Tens un xicot molt maquet. Me n'alegro per tu, de veritat», em diu el mòbil després d'unes hores. «Quant de temps sense llegir-te per aquí. Pensava que havies perdut el meu mòbil, cosineta. Que estàs gelosa, potser?», que la tempto que no em crec les seues paraules ensucrades, i ella m'envia tot de cares amb la cella apujada, seguides d'un«No se't poden dir coses boniques, veig. Res, que m'ha agradat veure't, cuida't tu i cuida'l a ell». Em quedo molta estona mirant la pantalla, fins que les lletres celebren danses descoordinades i el rostre que se'm va desencaixant, que es deu pensar que el Quim és com la mena de xics que la ronden, que em fa que només la busquen per la cara de nina i el cos de ballarina, però que mai els reté, que ella no els sap retindre, que quan obren la caixa esperen una música dolça i càlida que els convidi a ballar i de cop es troben una melodia mesquina i roïna que els fa fugir cames ajudeu-me. I ho sento per ella però aquesta no és la música que s'avé amb el Quim que jo conec.

Tot de sobte, sento com un dit que em burxa dins del cap, que qui sap, fins a quin punt coneixem les persones que tenim a la vora. I llavors se'm revela la imatge del Quim que es mira extasiat el passadís d'espines que ella ha trepitjat fins al capdavant de la plaça, que és l'únic lloc on sap estar, davant de tothom, sobre de tothom, cames rectes sobre moltes d'acotxades, però el Quim que no es detura i l'encalça amb la vista que és sord a la cadència que emergeix dels seus talons.

XVIII

Tinc la boca oberta i els ulls ben dilatats que es miren el terra, que les llums de colors revelen lluent i enganxifós, més encara amb el líquid escampat de la copa que m'ha relliscat mà avall. La gent del voltant es fa enrere i em mira amb les celles arrufades, que el terrabastall ha sigut gran. Ho sento, ho sento, vaig repetint no sé per a qui. Noto com diverses gotes humides se m'han arrapat als peus i a les cames, i també als peus i a les cames de l'altra gent, ho sento, ho sento. Algú demana que ens apartem que s'ha de netejar i que ningú es faci mal. Abaixo la cara que ja m'han mirat prou, ho sento de nou, i li faig cas. M'escapoleixo a l'altra punta de la barra, on ningú m'assenyala amb el dit, i torno a demanar la copa que m'ha durat un sospir. Però el cambrer ho ha vist i em pregunta si ara ho vull en got de plàstic, millor. Li dic que sí, sí, ja m'està bé, tota roja com una tomaca a punt d'esclatar, dona'm el got omplert que només vull fugir d'aquí i tornar a la pista amb les mans plenes.

Torno amb el grup i m'adono que el Mateu està sol, que acaba de sortir del lavabo i que va en direcció a la porta. Faig una marrada que ningú em vegi per topar amb ell per casualitat. Em poso al seu costat encara una mica més endarrerida i faig que xoquem amb el braç esquerre. M'aboco una mica de cubata al damunt, oh, merda, que dic fort perquè em senti. Ostres, perdona, Nur, no t'he vist. Assenyala la porta i diu que anava a fumar, que si vull sortir una estona. Es trau la jaqueta i me la posa sobre les espatlles, que és el mínim que puc fer que mira com t'he deixat. Somric tota entremaliada i el deixo fer.

—Encara se'm fa estrany, això de sortir fora a fumar —diu, mentre exhala el fum amb els ulls perduts a la llunyania.

—No sabia que fumaves —responc i, alhora, enquadro amb l'objectiu el seu posat d'actor seductor extret d'una pel·lícula en blanc i negre.

—Ja, si no fumava gaire, però amb això de la nòvia, doncs hi he tornat, és una merda —i m'adono que la mirada llunyana té llàgrimes dins, que un noi no sap plorar. Voldria abraçar-lo, acariciar-li la galta, petonejar-lo per tota la cara, donar-li la mà i no soltar-lo, però només el miro i espero que continuï parlant, si és que vol, que ho he après a fer del Quim—. M'ha deixat per un altre, saps —i es queda callat, enterrat en les profunditats del pensament.

—Em quedo parada. És possible que et puguin deixar? —se m'escapa de dins sense temps a processar-ho, amb una rialla estúpida marcada al rostre que no encaixa amb la tristesa dels seus ulls. Però el faig riure i torno a respirar, amb esclats de festa, trompetes i confetis, que em crepiten endins del cap. I és la nit i és el Mateu sense parella, encara que jo no hagi de fer-hi res, i és que és tan fàcil, amb l'alcohol, dir en veu alta els embulls que ens travessen les entranyes.

—Què vols dir? —que li ha fet gràcia i ara vol que li repeteixi el que ha quedat molt clar.

—No fa falta que et respongui, vine a la pista i fixa't com et miren —li dic, i ell només somriu amb gosadia, que és el preu a pagar quan ets tocat per la vareta dels déus i ja li agrada. S'alça, em posa una mà al braç i em dona les gràcies, ves per què, si no caldrien, però deixa la mà aquí i no la traguis.

—Per què tens un got de plàstic, per cert? —em pregunta, tot seguit.

—Perquè tot se m'escapa de les mans —que li responc, ben ràpid.

—Va, doncs, anem a la pista, que aquest cop seré jo que t'agafaré ben fort perquè no em puguis soltar —m'amolla, amb una rialla picardiosa que va tota per a mi, que miro a totes bandes però no hi ha ningú més, exclusivament per a mi, i tinc pressa perquè entrem dins amb els cossos enganxats com pagellides a les roques.

—Seré la més odiada de la discoteca —i tornem a riure, encara més alt, tot i l'ombra sobtada que se m'instal·la al front, com un núvol que avisa que vigila que ve temporal. Torno a enfocar la visió i és un xic que està d'esquena, allà al fons, i que pareix el Quim tot i que no pot ser ell. Moc el cap ben fort que m'ho fa la beguda i entrem dins que no vull tornar a girar el cap. Però el Quim se'm queda en un racó del front com una espurna obscura, que em sotja i no me'n puc desempallegar, que has d'entendre que només és un joc, que flirtejo però no aniré més enllà, que planta't aquí i digues-me si mai no has pensat en altra gent, que la ment és com un laberint fictici de camins que se't van esfilagarsant i no sempre els pots controlar, que és cert que m'imagino amb el Mateu ben junts en un banquet a la penombra, que em diu que soc l'única que el faig riure d'aquella manera i que no pot deixar de comptar el temps que falta per estar amb mi, i que em passa suaument un dit humit pels llavis amb els ulls ben endins dels meus, la boca que se'ns entreobre i el seu rostre que se m'aproxima lentament, cada vegada més, més i més, i de cop que se m'obren dos camins com dues possibilitats, en un que m'hi deixo portar, ens besem amb ànsia que no tenim prou boca i la seua mà que m'entra dins les calces banyades i em desfaig, i en l'altre que aparto la cara que és que em vull fer de pregar, però és un joc al meu cap que no va enlloc i ja està, que ho has d'entendre, i sovint hi penso i m'ajuda a dormir, i em fa somriure, i em fa estar bé, i quin mal faig si tu sempre dius que vols que estigui bé, i tu que a més no sé quin joc portaves amb l'Ada que no m'ho has volgut explicar mai.

Tornem a la barra a recarregar piles, un rom amb cola, un vodka amb llimona i dos xarrups de propina. El Mateu se'm queda mirant molt fixament i em deixa anar que m'agrades perquè beus com si no hi hagués demà. Em poso a riure, i ell també, i li pregunto si això és bo. És que totes tenen tantes manies i tantes històries, bah, que avorreix. Encara ens petem de riure, brindem per les nits de festa abans d'empassar-nos el xarrup i m'agafa la mà amb els ulls molt damunt els meus. Em condueix a un cantó de la pista que no sabem on són els altres ni els busquem ni falta que ens fa. No ballem bé que no tenim gràcia, ni ell ni jo, però el torbament del cap ens fa creure els reis de la festa, ens movem amb tot el cos cada vegada més junts, ben enganxats, que li noto la protuberància entre les cames. M'hi cenyeixo més i la fricció ens fa tancar els ulls i entreobrir la boca, que no sé si ell sent la música de fora però jo soc lluny d'allà, que soc sota un fanal enmig d'una nit càlida que ens abriga, els dos sols que dansem lentament al ritme del capvespre. I obro els ulls i el fanal il·lumina la cara que és del Quim i que fa un posat desencaixat. Em giro de sobte que ara torno a ser a la pista amb el Mateu i li dono el cul, sense deturar els malucs que també li refreguen fort el sexe, i el Mateu que em torna a donar la volta i em diu alguna cosa que no sento a l'orella, tan a prop que em fa estremir.

Ens adonem que hi ha algú més amb nosaltres i és el Santi, com un bolet que de cop emergeix del terra. Es posa pel mig i ens fa desenganxar. El deixem fer, que ja entenc que és que sent una mica de gelosia, i ballem tots tres que no passa res. Però em fa uns cops insistents al braç que no sé què vol, ai, deixa'm, para, i mou el cap tota l'estona cap a la dreta que és com si hi tingués un tic, i diu alguna cosa però com t'he de sentir, amb aquests repics de notes que ressonen com trons. I en algun moment que el Santi ja no hi és i el Mateu se'm torna a apropar sense cap mirament que li noto el tabac amb rom que li surt per la boca, i li miro els ulls que gairebé els toco amb els meus, d'un blau tan clar que em transporta a la mar del pare, que ja no és calda que ara és ardent com les nostres pells vinclades. La mar dels ulls oneja que hipnotitza i s'inclina avall per beure de la font que són els meus llavis, però reclino ràpid el cap i el recolzo sobre la seua espatlla, que no ho podem fer, que què passa després, si ho fem, què passa si ho provem i m'agrada massa, que no em pot agradar, que jo necessito el Quim i el seu remei de la mar calma, que em sap espantar les tenebres en cada nova onada, i tu que només vols oblidar una mica i aquí hi ha tantes flors que pots picar i encantar que no cal que sigui jo, encara que en tingui ganes, però demà serà un nou dia i en la claror sempre hi veig més clar.

Busco cap al lloc on ha marxat el Santi que potser n'estic fent un gra massa, i de cop el món es detura i faig un salt, que la mar dels ulls es banya de la mel més espessa, que són els iris del Quim, que parla amb el Santi. Es veu enrabiat i ara mira cap a nosaltres. Encreuem els ulls, ens fitem durant uns segons llargs, es tomba, diu alguna cosa al Santi i va cap a la porta. Escruto el Santi amb cara de circumstància i ell em fa amb el cap que vagi cap a fora, i ja ho sé, que he d'anar a fora i ara hi vaig. El Quim camina fins a la primera cantonada. M'hi dirigeixo maldestra amb la mà arran de la paret i vaig assajant dins el cap muntons de frases que li podria dir, però se'm barregen i em fan una bola que s'exterioritza i he de frenar-me i respirar. Ell no em mira, que no em vol mirar, recolzat a la paret amb els braços i les cames encreuats, que s'impacienta amb un peu que repica el sòl una vegada i una altra.

—Què hi fas, aquí? —que és la primera frase que em surt.

—No crec que aquesta hagi de ser la pregunta —fa un silenci molt llarg, però prossegueix—. Però bé, et respondré. Si haguessis aixecat el cap més enllà del cos que tenies al davant hauries vist que era allà amb el meu grup d'amics —i no em deixarà de sorprendre com pot mantindre la serenor tot i l'enfuriment que li traspua de dins.

—Em pensava...

—Que t'estava espiant, potser? —em talla el Quim—. No sé qui et penses que soc, però ja veig que tot i el temps que anem junts no ens acabem de conèixer, avui m'ha quedat molt clar, claríssim —continua, encara sense perdre la calma.

—I per què vas tan... tan serè, si estàs de festa? —dic massa ràpid, que m'adono que no encerto les preguntes i és que em sento acorralada.

—De veritat que em preguntes això, Nur? Em deixes parat... —però jo no dic res i em miro la palma de la mà, que les línies que hi tinc em donin alguna pista sobre la millor paraula—. Digues, quan m'has vist borratxo, a mi? —em desafia amb els ulls, però continuo muda—. A veure quan entens que anar de festa i emborratxar-se no van de la mà, que es pot beure una mica i ja està, i que no cal fer el ridícul cada nit.

—Sempre tan correcte, tu —amollo, en un fil de veu gairebé imperceptible que dirigeixo a la vorera.

—Què has dit?

—Res, que havíeu de fer cap justament aquí, on sabies que anàvem nosaltres? —que encara el vull posar contra les cordes.

—I no et passa pel cap que ho he proposat precisament per això? Tan estrany és que vulgui estar prop teu? —però no li faig cas i em trac els tacons i em quedo descalça sobre el granit que total. El Quim fa que no amb el cap i m'escomet de nou, ara amb la veu més cabrejada—. Però... de veritat que estem parlant d'això quan estaves allà dins refregant-te sencera amb aquell xic?! Si quasi que us morregeu davant els meus morros, i ben mirat... ben mirat potser ho heu fet i és el de menys, si... si després de tot el que estàveu fent és igual! No vull pensar quantes nits són que fas... que fas això que no sé ni com anomenar-ho. N'estic ben fart de veritat —em clava els ulls irosos ben endins dels meus, que la dolçor s'ha desfet per complet i només en queda un reducte de sucre amarg—. Això no pot continuar així —sentencia, al final.

—I l'Ada què?! Parles de mi però tu sempre m'has amagat el que va passar amb ella! —li crido, i penso que la meua defensa és molt dèbil, sense escuts que em donin un espai on agafar-me.

—Vols parlar de l'Ada, doncs va, parlem-ne! Ho vam fer, i tant que ho vam fer, va ser la meua primera vegada, de fet. Jo anava tan begut com tu ara, en veritat ho anava més, perquè era la primera vegada que bevia i vaig perdre el nord. I vam estar ballant que no sabia el que em feia, i de cop érem dins d'un cotxe que no sé de qui era i estàvem follant, i volia parar però no tenia forces i era igual perquè m'estava agradant i tampoc passava res. Però quan va arribar l'endemà... em va fer molta vergonya, més ben dit, em vaig fer molta vergonya, perquè jo mai havia volgut saber res de l'Ada i no recordava gairebé res, tenia un mal de cap infernal i em moria de fàstics, i vaig parlar amb ella per dir-li que no es tornaria a repetir, que per a mi era com si mai no hagués passat, però ella s'ho va prendre fatal, i recordo que em va dir el teu nom, que com podia estar per algú com tu, quan jo només et mirava de tant en tant perquè et trobava interessant però res més, encara, va ser llavors que em vaig començar a fixar més en tu. —Para un moment per agafar aire, que s'ha confessat d'una embranzida i em troba que tinc la boca i els ulls ben oberts—. I per això mai bec massa, entens, que sé perfectament el que passa! Encara que diràs que a tu t'agradi, perdre el món de vista, que vinga a sortir, dos cursos sencers sense parar, que si descanses un dijous pareix que t'hagis de morir, ben enganxada a l'alcohol no sigui cas que!

—Ets tu, qui no entén res! Sí, és que sí, m'agrada beure i m'agrada perdre el món de vista, ves per on, però què has d'entendre, tu, si només va ser un dia que vas trencar un plat i ja vas decidir deixar de comprar-ne —que l'arremeto indignada, que no puc contindre la ràbia que m'estreny els pulmons.

—Això no pot continuar així, Nur, és el que tu dius, ja no sé entendre't, n'he desaprès —diu, que la fúria se li ha fet tristesa, ara—. Demà en parlem, però aquesta no és la Nur que a mi m'agrada, que a mi m'agradava, i ja... ja no puc confiar en tu, i menys ara, després de veure't dins amb..., tant és, que l'he perdut tota, la confiança, i serà millor que ho deixem estar, això... això nostre s'ha d'acabar...

La ràbia em planta un arbre de fulla cendrosa que creix amunt, que se m'instal·la al cap i m'enfonsa sota terra. Les branques em comencen a fer sotracs que no tenen prou espai dins meu i han de sortir-ne fora, i li arriben al Quim i el colpegen amb les puntes seques, una vegada i una altra, i ell es fa endarrere i es deixa fer, bocabadat. El Quim és contra la paret, m'agafa els braços perquè pari i m'aparta una mica brusc però no en sap ni així. Encara faig cops a l'aire i la seua veu que diu que ja no puc més, i marxa tot seguit amb els ulls humitejats mentre jo li repeteixo com una tornada sense fi que tots em voleu deixar, però au ves, que aquí dins sí que hi ha gent que vol ser amb mi, que beu amb mi i que em fa feliç. I torno enrabiada i descalça cap endins i no m'importa res, que l'alcohol esmorteeix totes les ferides com el vidre que m'he enclavat al peu, i busco el Mateu que ell em cicatritzarà tota.

XIX

Li toco els cabells, que són llargs, molt llargs, que no s'acaben mai, que li van fins al cul i se li escolen entre les natges, i són molt negres, gruixuts que no els pots arrancar, una mata de cabells que amaga qualsevol indici de cap nu, com si no hi hagués arrels, com si afloressin per generació espontània. La despentino amb una mà ansiosa que no es pot estar quieta, i l'altra que la deixo sobre el llit que mai m'hi havia trobat i no sé on posar-la. Ens besem i les nostres llengües no encaixen bé, que som dues xiques i no és el que esperàvem, però és un joc i ens ho passem bé.

Mirem els dos xics, cadascun sobre un llit, que ens observen extasiats amb espurnes als ulls i saliva als llavis, i volem que es desfacin com un gelat de llimona en ple agost, que no aguantin gaire i que ens reclamin amb tot el cos. Ens seguim besant, matusserament, que li noto les dents que em xoquen contra els llavis i ja no en vull més. Sort que una mà m'estira cap a l'altre llit, em fa estirar i em baixa a la vagina, i penso que tot ha valgut la pena, però és un d'aquells dies en què ho penso tot amb el cap que em va a mil i no m'acabo de concentrar en el que estem fent, i m'agrada però estic tardant i això em fa patir i ja no aclariré res, un altre dia sense aconseguir-ho, i ho noto tot massa banyat de saliva i em comença a molestar, per això li aixeco el cap i li dic que entri, que no s'ho pensi més, i no s'ho pensa més que ja està dins, que no cal que em faci de pregar.

El xic sense nom es mou, de dalt a baix, ara més lent, ara més ràpid. Giro el rostre cap a l'altre llit, on l'altre noi està entrant els dits a la vagina de l'altra noia mentre no deixa de xuclar, i la noia que té espasmes, que apuja l'esquena en muntanyes que de tan seguides fan serralades i estira el cap endarrere que em mostra tot el coll llarg, i també els peus, que no poden anar més enllà, que no es poden desenganxar del cos, tota ella es mou descontrolada, i al final esclata ben posseïda i ell aprofita el moment per enfonsar-li el penis ben endins.

Potser m'he equivocat de llit, que a mi també m'agrada més amb els dits, i m'excito de veure-ho però el xic que és amb mi no em sap fregar el clítoris amb el cos ni encalçar-lo per dins i no serveix de res per moltes embranzides que hi doni, però tampoc no és ell, que és la ment que se m'enfila gratacel amunt, que és llarguíssim que atrapa el cel, els núvols i tots els planetes, i la veritat és que des que no soc amb el Quim que no he arribat a l'orgasme si no és per masturbació i no entenc com els nois s'obliden del clítoris a hores d'ara, que hauria de ser denunciable per llei, que per a una dona és el tot, ja sigui en contacte per dins o per fora, i ho haurien de saber, home, que ho hauries de saber, que és com el mugró per als infants alletats, l'únic paradigma possible, ho saps o no.

T'agrada, oi que t'agrada, sento que em mormolen a l'orella, i és el noi, que ara m'ha posat de cantó i m'agafa fort un pit, mentre continua amb les envestides que no porten enlloc, i jo que et voldria dir com et dic per dins que a veure si et penses que la penetració ja ho fa tot com per art de màgia, que nosaltres no som tan simples, carai.

El Quim, què deu fer ara, deu estar dormint com un bon jan, ell que no és gaire de sortir. M'imagino que em veu per la finestra que hi ha al racó, que entra tot imponent a l'habitació, que s'encara al noi que és amb mi i que ves què t'has pensat, si creus que amb quatre moviments endins ja li donaràs plaer, aparta't i deixa'm fer. Però el Quim no vindrà que no vol saber res de mi, que la vida sense ell es resumeix en nits que s'arremolinen com la llimona al vodka, en nois que demà ja no sabré quina cara fan, en sexe ràpid sense cap ni peus i classes de cuina amb ibuprofè, ulleres sota els ulls, arcades i mal de cap persistent, i sort que encara vaig aprovant, que darrerament soc en una bombolla sense portes que fa espuma d'alcohol, que ara és el Santi qui em diu que potser n'estic fent un gra massa, i jo li responc que només cal que em peti la bombolla que no sé quants mesos fa, ja, que em té a dins, els mateixos que el Quim em va abandonar i què pensaria, si em veiés, que em deixaria a la bombolla per sempre més.

M'alço del llit d'un salt que no sé si el noi ha acabat i tant em fa i em dirigeixo a l'altre llit, amb el xic que pareix més traçut, que potser aquí aconseguiré deixar de pensar per una estona. Aparto la noia que tampoc conec amb un braç i m'acotxo per introduir-me el penis del xic a la boca, que així em deixarà fer i després potser continuarà ell. Els altres dos es queden amb un pam de nas, però reaccionen prompte per seguir el joc i es comencen a descobrir els cossos àvidament amb les mans a l'altre llit. Ara és el meu acompanyant qui em recorre la llengua pel coll, els pits i la panxa fins arribar al sexe. Sento que el cos se m'estremeix, i li moc el cap amb una mà perquè segueixi el ritme que jo li compasso. M'entra els dits als forats i me'ls col·loca cap amunt, que saben on han d'anar, i noto la calor que s'escampa arreu de mi. Però el rostre del Quim reapareix a la finestra que no en vol marxar, amb una ganyota de disgust dibuixada a la cara, ai, què vols que faci, si vas ser tu que em vas deixar. De cop, el cap del Quim s'emboira en un remolí de fum, com si haguessin llançat palades de cendra al seu davant. El seu rostre es difumina completament per un moment i quan s'aclareix de nou ja no hi ha el Quim que ara és la figura del pare, que em mira amb les mans que s'estreny el coll, els ulls fora les òrbites i és que s'està ofegant, i alhora es va desfent que les extremitats se li van tornant d'aigua.

Aixeco l'esquena d'un bot absorta per l'aiguat que cau a fora, i el noi que dona cops a la cuixa que què fa, i m'adono que tinc les cames encreuades ben fort amb el seu cap dins, que se li està posant ben roig. Allibero les cames tan ràpid com puc i entre paraules d'estàs boja, ves que t'ha agafat, m'arrimo embadalida a la finestra on ja no queda res, ni el Quim ni el pare ni la pluja, només la foscor de la nit com la gola d'un llop afamat. Déu meu, no havia vist mai res així, un aiguat que no ha durat més que un sospir, que dic per a mi però en veu alta, amb la mirada perduda a l'horitzó de fora, i tots que em miren com si no toqués vores, que he apagat en un no-res la foguerada intensa que ens cobria dins l'habitació. Però què dius, què somies, si no ha caigut ni una gota des que som aquí, vols dir que estàs fina, tu, que respon una veu de totes d'aquell trio de desconeguts que m'urgeix perdre de vista per sempre més, ves si no estava bé a la discoteca que havia de pujar al cotxe amb ells per anar ves a saber on, i sort del pare, que és amb mi tothora. Però em torna l'aigua, que ara pren el color estancat del ferro rovellat, que s'emporta el pare onades endins, i el seu cap com un punt diminut que es perd en la llunyania, que ja no s'estreny el coll sinó que aixeca els braços fort com una lluita contra la natura, que vol que el rescati de la mar ataronjada que es va empassant a glopades de mort.

Obro portes fins trobar un bany, m'aboco al forat del vàter, m'introdueixo els dits fins a la campaneta i començo a traure vòmit calent que fa gust d'alcohol amarg, una substància que em fon l'esòfag, la gola i tota la carn de dins la boca. Burxo encara més endins que vull vessar la pizza que m'he empassat amb presses abans de sortir de casa, que si ballo i no paro bé la podré cremar, em dic les nits que toca gresca, i així m'estalvio sortir a córrer que ben poc que m'agrada. Però ara la pizza també em fastigueja, com els cubates, com els nois i la noia de fora, com el meu sexe ensalivat, com el cos amb suor meua i dels altres, com els penis que m'he entaforat dins, com la llengua que n'ha tocat tantes, com tota jo, sencera. Em noto les ungles a la campaneta que m'he tallat i paro que ja n'he tingut prou, va Nur que només has d'esperar el taxi, ja han degut passar deu minuts, o potser un quart, només en falten trenta, vint-i-cinc, no entenc com hem fet cap tan lluny, però encara sort que m'han passat l'adreça sense ni demanar-la, que volen que foti el camp com abans millor, que em prenen per boja i sí que deuen tindre una mica de raó, si és que no ho he de tornar a fer, això de no saber on soc, on vaig ni amb qui.

Em deixo caure contra la paret, asseguda al costat del vàter, amb els ulls ben closos que tot es fa negre i veig pampallugues de llum que giravolten al meu davant, punts de fuga que donen alè quan tot obscureix. I de sobte que soc cega i que no em puc alliberar d'aquesta manta de carbó que m'entela els ulls, que ni el foc no fa cremar perquè la llum no hi és permesa, un món tenyit de nit sense lluna, a recer de la vida que pampallugueja, el lloc on roman el pare ara i per sempre més. El cos que em plora sense control però no pels ulls, que han apagat la flama càlida, sinó per cada sotragada que em fa la panxa, el pit, l'esquena, les cames, el cap, les mans, per totes bandes de l'organisme, que se m'escapa i torna al seu lloc, una vegada i una altra, espasmes que no es deturen, que sorgeixen per cada llàgrima que resta assecada endins de mi, fins que la sirena d'un cotxe em retorna les estrelles que il·luminen el cel de nit i els fanals que t'acompanyen pels camins de fosca quan encara els pots caminar.

XX

El Facebook m'anuncia que la Meri assistirà a la presentació del llibre d'una autora local que la mare ha organitzat a la papereria. No tinc ganes d'anar a veure la mare, però la Violeta diu que m'hi acompanyarà, que, qui sap, potser després de tant de temps la Meri voldrà aproximar-se a mi de nou. Ho diu, però, amb un tel de tristesa impregnat als ulls que no pot amagar, a mi no, que imagina't que us torneu inseparables de nou i m'aparteu, es deu imaginar, pobreta. Però ja no som les mateixes, Violeta, li voldria dir, que ja som dones adultes de vint-i-pocs anys que treballem, que hem tornat al lloc de sempre perquè hi hem trobat faena per molt estrany que sigui, tot i que ens en volíem mantindre lluny, però ja deu ser allò que diuen que la vida mai surt com ens la imaginàvem. Que seguim vivint juntes i quant temps fa, ja, abans a Barcelona i ara aquí, a la nostra ciutat, que no podia tornar amb la mare i tu ràpid em vas oferir de compartir el pis on t'estaves, que no et puc estar més agraïda tot i que no me'n surto de demostrar-t'ho.

Soc a la taula de la cuina, assaborint lentament un plat d'espaguetis negres amb gules i gambetes, amb el gust de l'all que se sent ben fort com a mi m'agrada. Mentre, et miro com prepares la teua ensalada variada, que cada dia fa una cara diferent. Avui hi poses pit de pollastre, ahir sardines, un dia amb una mica de pasta o arròs integral, l'altre amb llentilles o cigrons, l'altre amb ou dur i tonyina, i així vas fent, obstinada en la teua idea de perdre pes, que quina sort que tens tu, sempre em dius, i penso que potser sí, però no em trac de sobre la mania d'afartar-me i visitar el vàter immediatament després, de tant en tant, tot i saber que estic prima, i qui ho entén, que no tot és tan perfecte com pareix per fora, Violeta, et dic en silenci mentre miro com talles els cirerols en dues meitats. T'envejo la tenacitat però no gaire, perquè no puc evitar clavar la mirada al teu cul i acte seguit dono gràcies a déu per haver-me'n creat un de més gràcil i petitó, i llavors em sento fatal amb mi mateixa per les coses que em van per la ment que fa curses sense aturador, que sempre és el mateix patró, fer i penedir-se'n, fer i penedir-se'n, fins i tot, o encara més, per les coses que només es queden al cap.

—No ho ha passat gens bé, la Meri, després de tot això del Marc, pobra... —comenta la Violeta, amb els ulls fixats a la preparació de la seua ensalada. Mastego un trosset de gamba i em quedo rumiant. Llavors, gira el cap i em mira—. Vull dir, que d'alguna manera tu ja la vas advertir, de quin peu calçava el Marc, per això que potser... no ho sé, potser t'ha perdonat, si és que ho puc dir així.

—No ho sé, Violeta... la vaig enganyar, ja ho saps, que li vaig dir que l'havia vist amb l'Ada i no era cert, sí que després el vaig veure amb ella, amb la Lena, però ja havia esclatat tot i no ho volia embolicar més...

—Bé, sigui com sigui, d'això ja ha plogut i em fa que li agradaria veure't, no ho sé...

—Uf, què vols que et digui, tant de bo tinguis raó! —li responc, mentre amb la forquilla faig voltes al plat d'espaguetis.

—És que, bé, ja saps que de tant en tant he anat xatejant amb ella, i últimament m'ha anat preguntant per tu, per això t'ho dic... Però tampoc no et vull confiar massa i que després...

—Violeta, no et preocupis, només faltaria —i ja no sé si m'ha passat la gana de cop tot i l'olor ben suculenta que se m'enfila pels narius, que és alguna cosa que se m'ha clavat al mig de l'estómac, i encara no és el menjar que el tinc mig buit.

—Per cert, Nur, canviant de tema —em diu la Violeta, asseguda, ara sí, al meu davant a la taula—, recordes que ahir, quan et vas adormir al sofà, vas tornar a cridar el Quim i a ton pare, que et vaig haver de despertar? —abaixo la mirada al plat que es comença a refredar, i com que no dic res, continua—: Pensa't això del psicòleg, a mi ja saps que em va molt bé, no vol dir que estiguis malament del cap per anar-hi, això són pensaments d'abans i... —la deixo amb la paraula a la boca, que m'aixeco d'un rampell i em tanco al bany amb passos apressats, que hi ha coses que no vull ni sentir-ne a parlar, que ja m'imagino la mare que esclafeix a riure i que em repeteix divertida ja t'ho deia, jo, que sou de sang ben dèbil, i ha! ha! ha!

A la tarda, la Violeta i jo ens plantem a la papereria, amb el cor que em va a mil i no me'n surto de tranquil·litzar-lo, que ves què li agafa, que no serà per a tant. La mare em clissa ben ràpid i se m'acosta amb el seu somriure tort i les arrugues marcades al cantó esquerre del llavi. Se'm queda plantada al davant amb els braços que posa encreuats que no sap què fer-ne, que no ens besem ni ens toquem i així és més fàcil, i em mira molt endins abans de soltar-me un em pensava que ja no tenia filla. Li trac els ulls de les arrugues del llavi i faig una mirada involuntària al despatxet que era el meu racó amb el pare. Ella, que em ressegueix el camí de les ninetes, fa que no amb el cap i torna allà on era, si és que no tens remei, va dient, i em quedo que encara no he obert la boca.

Giro el rostre cap a la Violeta, que em fa una mirada de tranquil·la, que tot anirà bé, i anem entrant més endins de la papereria amb tot el cos que em pesa com si dugués rocs a les butxaques. Veiem la Meri que està parlant amb l'autora, que es deuen conèixer i no sé de què, que després de tot encara se'm fa estrany no saber-ho tot, d'ella. Mou el cap cap on som nosaltres i és com si, de sobte, hagués perdut el fil de la conversa amb l'altra, que ens va mirant tota l'estona, i veig que és més a mi que no pas a la Violeta. Decideixo que m'he d'apropar i que ho he de fer tota sola, per això m'acosto i agafo qualsevol llibre de l'estanteria que hi ha just al seu costat. La Meri encara em dirigeix més l'esguard, que ja s'ha degut perdre del tot de la conversa. Finalment, posa una mà al braç de l'autora desconeguda perquè la disculpi i sento com la veu més dolça articula el meu nom com un rumor fluixet que amaga tot el dubte del món.

—Meri... —només aconsegueixo respondre.

—La veritat és que ho havia pensat, que avui podíem coincidir, com que la presentació es fa aquí... —diu, amb un posat tímid i insegur que no sé com interpretar.

—Doncs ja veus que sí, de fet, el Facebook ja m'havia xarrat que hi vindries —se m'escapa, com tantes coses, quan em quedo que no sé ben bé què dir. Ella somriu, encara amb una mica de vergonya a les galtes. Obre una miqueta la boca, una miqueta de res, que vol dir alguna cosa que no li acaba de sortir—. M'alegro molt de poder estar aquí... xarrant amb tu —continuo jo, per ajudar-la.

—Saps —diu, al cap d'uns segons, amb el rostre abaixat—,

no paro de pensar que.... que tu ja m'ho vas advertir, i ben prompte, el que feia el Marc, i no... no et vaig fer cas, i mira ara —m'adono que em mira les mans, que no es vol trobar els meus ulls—. Si és que a més, recordo que et vaig parlar fatal, et vaig dir coses horribles.

—Mare meua, però què dius, Meri, si... —i em quedo tallada, que el relat de la veritat potser ho espatlla tot—. Jo... et vaig dir que l'havia vist amb l'Ada, no amb la Lena, o sigui que... —però m'entendreix veure-la tan cohibida, i entenc que no, que toca fer les coses bé, lluny del camí de les mentides, que així potser que tot torni a començar—. Jo no l'havia vist amb l'Ada, Meri, no era veritat, però em sentia gelosa del Marc perquè ja no quedàvem i... m'ho vaig inventar tot de sobte. Després, al cap d'un temps, sí que el vaig enganxar amb la Lena, però vaig pensar que ja no serviria de res, que encara seria pitjor perquè no em creuries, i ara veig que... que hauria d'haver-t'ho dit igualment —les nostres mirades s'encreuen, amb espurnes que no sé si són seues o meues—. I... i la nota de la palleta, mmm.... sí que vaig ser jo, perquè... és que... l'Ada no ens feia cap bé i... no vaig trobar altra forma d'apartar-la, però... ja, no... no hi ha justificació possible, ho sento tot tant... —la Meri agafa un llibre qualsevol de l'estanteria, que té una portada lluent de cartoné, i hi passa distreta el tou del dit índex amunt i avall, amb tota la suavitat i tranquil·litat del món. S'hi està una estona llarga abans de tornar a parlar.

—Ho he sabut sempre, Nur, això de la nota i la mentida de l'Ada, però m'adono que, igualment, tots sabíeu com era el Marc menys jo, que... que em vaig encegar, què sé jo, i imagina't quant de temps ha estat amb mi i, alhora, trobant-se amb la Lena i a saber amb quantes més, que no ho vull ni pensar, i em sento molt estúpida, saps, completament estúpida —torna el llibre a l'estanteria, i es queda amb la mirada a les seues mans buides—. L'Ada també ho sabia, des del principi, totes ho sabíeu i totes m'heu mentit, d'alguna manera —ara sí que, recarregada de valor, em clava uns ulls que m'imposen tota—. Però de tot s'aprèn, saps, això és l'únic que em queda clar. Ja no em deixaré trepitjar, ni pel Marc, ni per l'Ada, ni per la Lena, ni... —i estreny els ulls, que afilen l'objectiu amb força, abans de prosseguir— ni per tu, Nur. Faig un parèntesi de tot i marxo a Londres un temps, buscaré faena en una escola d'allí, milloraré l'anglès i començaré de zero.

—Em pensava que em perdonaves... —amollo en un fil de veu que se m'enfila involuntàriament pels llavis.

—Sí, i ho faig, per això volia veure't, perquè ho sabessis —es queda amb les ninetes cap a dalt, pensativa—. De què serveix, el rancor? Només em crearia mala sang. Et perdono, sí que et perdono, i em perdono a mi per tot el que et vaig dir, però ara mateix no puc confiar en tu, almenys encara no, suposo que ho entens —i espera una resposta que no li puc donar, que em quedo que no puc ni pestanyejar—. No puc parlar pel que passarà d'aquí un temps, quan torni, si és que... —però ja no sento res del que diu, que només veig la llum del despatxet que em crida amb els braços oberts per resguardar-me, el meu àngel de la guarda. M'hi dirigeixo, imbuïda, però algú em detura quan soc davant la porta, i és la mare, que es nega que em retrobi amb el pare. Em mira amb una cella apujada, i es posa a parlar, que com li agrada enraonar i espatllar-ho tot, que sempre ho espatlla tot.

—Abans he parlat amb la Meri i m'ha dit que marxa a Londres. Suposo que ja t'ho ha dit, oi? —com a resposta, la miro amb els ulls petits, que ja ens ha vist que xarràvem—. Saps que ta cosina, l'Ona, també se n'hi va? A buscar-se la vida, a espavilar-se, que aquí no hi ha gaires oportunitats. Ella, i la Mar... elles sí que són valentes i decidides —diu, amb un sospir carregat de significat.

—Hòstia, per què dius «elles»? Per què sempre poses el plural?! És l'Ona, la que marxa, no la Mar; casa-t'hi, adopta-la, què sé jo, fes el que vulguis, però deixa'm en pau, a mi —la mare obre els ulls com taronges i fa un pas inconscient cap endarrere—. Saps, jo també em sento valenta, molt valenta, de fet, per haver tornat a casa, per tornar a ser a prop teu, que no és fàcil, ostres, no és gens fàcil! —de sobte, em ve com una il·luminació i miro el rellotge, amb la mare al davant que continua descol·locada, que mira a totes bandes que ningú ens hagi sentit, i em veu com la deixo palplantada que tinc pressa per marxar que ja és gairebé l'hora.

XXI

Fora la papereria, hi ha aquella dona magra que sempre demana almoina en català, amb el cos reclinat endavant per tot el pes d'una vida que ningú li coneix ni li pregunta, de cara ossuda, ulls enfonsats i rínxols agrisats que pareixen d'esparadrap i que s'oculta rere una cinta, i fa cosa pensar-ho però sento com que m'hi solidaritzo més, amb ella, en comparació amb altres indigents, i ho deu fer la llengua, que és d'aquí, què sé jo, encara que no sempre li dono monedes perquè no li'n puc donar tan sovint, ni tampoc li demano per la història dels seus ulls tristos negríssims, que sempre penso que ho faré i mai ho faig. Apujo les espatlles tota sola mentre faig camí, que d'alguna manera em fa sentir que no tinc dret a queixa, quan veig gent que està pitjor que jo, i n'hi ha tanta que ja no engego ni la tele, però és tan fàcil oblidar-ho, després, quan giro la cantonada i ja no la veuré fins d'aquí uns dies i tot torna a ser el meu món. Suposo que he sigut una afortunada, amb la faena, que d'alguna cosa ho havia de ser, i ja me'n sorprenc i molts cops em pessigo el braç per si.

L'Alfonso, el tiet de la Violeta, em va dir que necessitava algú a la cuina, i que encara se'n recordava de mi, de quan era menuda i hi anava amb el pare, i com m'embadalia amb els ulls com taronges per tot aquell món, però em fa que sobretot és per la Violeta, perquè li soc amiga, sí, segur que sí. Però tampoc va ser dit i fet, que la mare es pensa que només són els altres, els que s'arromanguen de valent. Què sabrà ella, el que feia per la capital per no haver de tornar i dependre d'ella, que em passava els estius servint gelats multicolors entre xiringuitos de platja a turistes amb xancletes i rojos com crancs, escurant muntanyes de plats bruts que no s'acabaven mai immergida en cuines enganxifoses, passant productes sense parar per la caixa dels supermercats que no podia ni alçar el cap, i mentre estudiant, i llegint, i cuinant, i anant de festa, i me'n vaig sortir amb nota, de l'escola de cuina, saps, tot i que mai m'ho has preguntat i és que poc t'interessa, el que tingui relació amb mi. I encara vaig estar netejant cuines i servint alguns plats refregits, abans que l'Alfonso em cridés, que no tot ha sigut tan fàcil com et penses, que primer em va tindre en prova i ara m'ha fet un contracte per a un any, i qui sap què passarà després, que no ho vull ni pensar, que em sento formigues que se'm passegen perdudes per la panxa.

Em miro les mans resseques de tant netejar-les per traure'm les olors de la mar, que qui m'hagués dit que tocaria tant de peix, que quan l'agafo encara se'm mou entre les mans nues, que de vegades salta que se'm vol escapar, i ja el netejo amb els ulls tancats, i no m'agrada esbudellar-lo però ho he de fer, que respiro profundament abans de traure tot el que té per dins i estrenyo fort els ulls que no ho vull mirar. I després em quedo a la planxa, amb un ull que està atent als fogons per aprendre a cuinar els plats que cou l'Alfonso, i algun dia els he fet jo, mentre ell em llista exactament el que he de fer, i ara em diu que aviat ja els podré fer sense ell i llavors em ve aquell vertigen de les coses que s'esfilagarsen cap amunt del cel perquè imposen massa.

La Violeta, pobreta, ai, que no sé perquè m'empenyo a dir-li pobreta que ja no ho és més, va trobar faena aquí perquè n'hi ha molta, d'enginyeria industrial, encara sort que n'hi ha d'alguna cosa. I de vegades ho parlem i ja ho diem, que hem tingut molta sort i qui ens ho diria, que som com l'excepció a la norma, que ara gairebé no hi ha faena per a ningú, que mira la Meri, l'Ona i tants altres, que han de fer les maletes i arreveure.

L'Ona... sempre he volgut saber d'ella, parlar-hi, però no he sabut mai com fer-ho després de tot, que ves quina imatge deu tindre de mi. Sé que ella no és com sa germana, ella és de segona, com jo, que no podem jugar a primera divisió si hi ha la Mar, que enlluerna tant que ens cobreix d'una ombra espessa que fins i tot la podem palpar. Si sabessis... fa un temps la vaig buscar al Facebook i li vaig demanar amistat. La va acceptar que no m'ho creia, al cap de pocs dies, potser s'ho va estar rumiant, primer, ha degut canviar aquella desequilibrada, que m'imaginava que devia pensar, que és normal que ho pensés, que hi tenia tot el dret del món. I una nit que havia begut massa li vaig deixar un hola al xat, i quan ho vaig veure l'endemà em volia fondre però ja no podia fer-hi res, només esperar el desastre, i prohibir-me tornar a obrir l'ordinador amb tot d'alcohol a les venes. I cada moment de cada dia, quan era davant la pantalla, obria la conversa però no hi havia res de nou, i anaven passant els dies, i les setmanes, i els mesos, i continuava així, només aquell hola abandonat, perdut en els viaranys recòndits de la xarxa, i ja no hi entro perquè tot segueix igual.

I ara, ai, Quim, que ja torno a ser a la cantonada de casa teua, i en pocs minuts sortiràs amb la bossa de l'entrenament, com tants dies que no em puc estar de veure't, que cada vegada són més recurrents, però tu no em veus que què diries.

Si sabessis, que no me'n surto gaire, de ser aquí de nou, que ja no hi ha la festa, que no sé per què però no en sé, de sortir, aquí, ni tampoc hi ha el Santi que sempre em sap robar rialades, i no sé com passar les hores, que es fan llargues com nits en vetlla. Encara sort que la Violeta em trau de passeig, que m'ha d'estirar el braç per aixecar-me del sofà, quan els nostres horaris laborals coincideixen que no és gairebé mai, i el sofà es queda sol, amb la meua silueta que ja té marcada.

Ja et veig, com surts amb les presses, que sempre apures fins a l'últim moment, que no sé què deus fer, dins de casa, documentals, llibres o problemes matemàtics. Et gires i et veig el culet tan rodonet que et fa el xandall, que sempre t'ho deia, que quin cul més perfecte que tens, i que ja no el puc tocar, petitet i musculós. Et voldria frenar i dir-te tantes coses que he intentat aprendre'm de memòria però no em moc i puges al cotxe per fer camí, que és el teu camí on jo ja no hi soc més.

I la Violeta em porta a cafeteries cuquis que sap que m'encanten, i agafem llibres i llegim una estona llarga, que ja parlem prou dins de casa, que tampoc som gaire d'enraonar, nosaltres, però què t'he d'explicar si ja ho saps. Que ara estic meravellada amb la història de l'Adrià Ardèvol que no vull que s'acabi mai, per favor, que me la intento empassar a glops diminuts perquè em duri per sempre, fixa't que fins i tot he pensat que ja tenim nom per al nostre futur, futur, nen, Adrià, com sona de bé, Adrià, Adrià. Bah, què m'empatollo, que sempre corro per davant la pista, però l'has de llegir sens falta, creu-me que és una obra d'art.

En fi, és sobretot quan la Violeta no és a casa, que baixo a comprar-me donettes, o dònuts banyats de xocolate, el que sigui que saciï molt, me n'empasso tot un paquet d'un sospir resguardada a l'habitació no sigui cas que, i corro a enfonsar el cap al vàter, i millor si no està net del tot que és més ràpid, i una, dues, tres arcades que em foraden l'estómac i em dobleguen tota i va sortint tot, una pasterada dolça de color marró clar, barrejada amb àcids amargs que em couen a la gola per hores.

Ella creu que em passo el dia estirada al sofà, quan soc a casa, però no és així, que sempre m'obligo a sortir a córrer després de l'esmorzar, així puc menjar el que em roti i no passa res, tot i que odio córrer, que és la cosa que més odio del món de veritat, que m'hauries de veure, o millor no, que sempre acabo marejada pels cantons i diràs que no m'hi acostumo. Vaig provar l'autofàgia però vaig veure que no, que no hi estic feta, per estar-me hores i hores sense menjar, que es veu que si no ingereixo regularment em quedo grogui, i vaig revisant les calories de les coses que engoleixo i així em sento bé tot i que en veritat no hi entenc un borrall.

No sé què coi t'explico, ara, no em facis cas. No dormo, no puc dormir, que m'enfilo per tot de coses que em van per dins, i em poso a cuinar que potser són les quatre de la matinada, que un dia em trobo la Violeta fregant-se els ulls a la porta de la cuina, mirant-me incrèdula, i què estàs fent, Nur, a aquestes hores, per l'amor de déu. Res, torna al llit, no et preocupis, no podia dormir i cuinar m'entreté el cap, em tranquil·litza, però res, ves, va, bona nit. Però no és així gairebé mai, que al final trac el braç de dins els llençols i a les palpentes busco les pastilles de la tauleta, que és que si no pararé boja de veritat, que de vegades em fa que em perdré dins el meu propi pensament i ningú em trobarà mai més de la vida. El metge de capçalera me les fa, pobre home si arriba a ser bo, que coneixia el pare que també li passava consulta i li parlo d'ell, que no me'l puc traure del cap i no dormo, i em passa la recepta que abans li feia al pare, que és que li fem llàstima, però conec un psicòleg que, sempre diu que ja no l'escolto. I a la cuina, obro un calaix per trobar ves a saber què, i la botella ataronjada que gastava ell que em mira des del fons, i la mare que n'hi donava, sempre que no li'n faltés, que el volia silenciar, com la nit que... i de cop que tot se'm fa negre com la vida sense mi, com la vida després de mi, que el sostre, les parets, els mobles, tot es desdibuixa i és una obscuritat com un puny de gegant que se'm clava ben endins del pit, que m'afona a les profunditats del subsol més ensotat, buit de tot, sense res ni jo mateixa, i sort del remei de la butxaca que em permet tornar a respirar claror.

I tots que aneu marxant, ara la Meri, també, que ja no és només una sinó dues, les vegades que m'ha abandonat, però m'ho mereixo, i tant que sí, i saps, encara dol més saber que tot m'ho he buscat jo, tan bona que ella em feia, quan érem petites... i la mare que ja no val la pena que la compti ni falta que em fa, i tu... ostres, que et torno a veure que ja has tornat i déu meu, si ja han passat dues hores que no m'ho crec. Que s'ha fet fosc i els pèls se m'han posat de gallina, que em refredaré, i jo vinga encaboriada cap endins que ni me n'he adonat, i ja ho dic, que un dia em quedaré empresonada dins la ment i llavors què, que et vull dir que et necessito que només tu em pots salvar, Quim, i no em miris amb aquests ullets, per favor.

Perquè no m'ho penso dues vegades i surto d'allà on soc que avui és el dia que sí, que toca fer-ho, i em tiro als teus peus amb tot el meu pes que no és gaire, que ja deu tindre raó la mare que soc massa dèbil i em rendeixo de viure sense tu, i t'omplo els peus de baves, que els dits i els talons se t'inunden sota la bassa que vaig omplint, i t'explico amb la veu trencada que potser ni l'entens tot això que abans m'he estat repetint sense parar per no deixar-me ni una coma, i acabo que imagina't que la meua vida sense tu és una illa deserta enmig de l'Atlàntic, sense gent, sense aliment, sense animals, sense entreteniment, sense llum, sense res, on fins i tot l'aigua és massa perillosa per deixar-t'hi entrar, imagina't que em vaig apagant que no hi ha ni cocos als arbres, que l'herba és verinosa i no ho sabia, i em sagna tot perquè no hi ets tu, Quim, que has marxat com el pare i digues-me, que jo no sé com es fa una vida sense herois.

Si em veiessis, amb les cançons que em poso en bucle que són les que tu em vas ensenyar i vinga a plorar com una magdalena, que pareix que m'agradi i no és això, entre els when you lose something, you can't replace, when you love someone, but it goes to waste, could it be worse?, o també no one ever said it would be so hard, I'm going back to the start, gasto tot de mocadors que acaben xops de la tristesa aigualida que només tu em pots curar. Alço la cara plena de mocs i em dius que sí, amb els ulletes de mel desfeta, que tornem-ho a provar, així de fàcil, i em pareix que estic somiant que veig pampallugues que ens dansen al voltant, oi, papa, que ara dec ser amb tu. Però la rialleta tímida del Quim és certa, fixa't que la tinc al davant, i li passo una mà pels llavis per notar que és així, rosa carnós de nou per a mi, i els seus dits que els sento sobre les galtes que m'espanten tots els corriols humits, suaus que ni la seda.

XXII

Sento la clau que gira al pany de la porta, és el Quim que ja ha tornat de la reunió a l'institut. Fa una cara llarga que esbossa tot el cansament d'una jornada plena, ara que estan d'avaluacions. Deixa la bossa sobre la cadira, fa un gran sospir de per fi soc a casa i s'acosta al sofà per fer-me un beset ràpid.

—Seu, t'esperava, ja no em podia aguantar més, que estic que necessito saber com acaba la sèrie! —el rebo, exaltada.

—Sí, sí, deixa'm posar-me roba còmoda i vinc. Si em moro de ganes de tirar-me al sofà i no moure'm en tot el que queda de dia. Uf, aquestes reunions es fan interminables i et deixen baldat de bona veritat —gemega, mentre va cap a l'habitació amb passos pesats. És el primer any que ensenya matemàtiques a jornada completa, després d'uns anyets amb jornades curtes, tot i que, en contrapartida, ha de fer uns cinquanta quilòmetres cada dia per trajecte.

—L'Arya serà decisiva, ja veuràs! És l'únic que tinc clar. Perquè... els venceran, oi, l'Exèrcit dels Morts? —li pregunto, quan ja el tinc al costat que s'ha llançat al sofà amb tot el seu pes.

—Va, no preguntis tant i comença!

Ens deixem anestesiar per les imatges trepidants que passen ràpid a la pantalla, i les nostres cames que es toquen al mig del sofà però ja fa estona i ni ens immutem, que no som aquí sinó al món de darrere els ulls, ple d'il·lusions que es viuen més fàcilment, amb intensitat, sense descans d'emocions que et mantenen viu. Però el Quim que de cop, al cap d'una bona estona, comenta no sé què sobre la sèrie i no puc dir res que no sempre és fàcil, ignorar els rum-rums que es passegen lliurement al cervell. Alça el cap del sofà i em mira, amb una cella apujada que li fa tot d'ondulacions al front.

—Nur... on ets? Vols dir que estàs per la sèrie?

—Perdona... és veritat, me n'he anat a... buf, no ho sé. Lluny, me n'he anat lluny, però ha sigut només un moment, de veritat.

—Ja...

—Tornem uns minutets de res endarrere i ja està, ja veuràs.

—Dones massa voltes a tot... —diu, amb tacte.

—Ja, és el de sempre, què hi farem, soc així... Tots no tenen la teua ment, tan clara i racional —soc poc original, sempre ataco pel mateix cantó, sense fer mal, que ja ens sabem i així ens entenem.

—A veure, fem una cosa —proposa, resolutiu, després de fer un esbufec petit—. Trau ara tot el que et vagi per dins perquè, si no, et perdràs tot el final de la sèrie i quina gràcia... Va, parlem-ne...

No m'ho penso dues vegades i m'arrauleixo al seu costat, a recer del rebombori que fa estrèpit dins meu. En sento l'escalforeta, i tanta calma que desprèn. És l'aixopluc de la meua tempesta, l'antagonista del meu cap, que em dona el bastó i m'ajuda a escapar-me'n, amb tota la serenor del món, aquella d'on jo respiro. Ell m'ensenya el vocabulari de la paciència i de la seguretat, paraules fermes que intenten esborrar la pols d'incertesa i de dubte que m'acompanya a cada pas, i em pren el pit fort com jo li vaig ensenyar, per vèncer tot de batalles fabuloses que teixeixo massa grans. I així anem fent, la nostra petita vida que ha recomençat.

—És... és el restaurant. Els dubtes de sempre, ja ho saps, però em costa tant, traure-me'ls de dins...

—Ja t'ho he dit, crec que hi ha una part de voler el que no tenim, que una mica ens passa a tots. Com que ja treballo a una cuina, que és el que volia, doncs ara penso que potser m'agradaria més treballar rodejada de llibres —mentre ho diu, m'agafa blens de cabells i me'ls acaricia de dalt a baix, ara un, ara un altre.

—Això ja ho sé, però és que, no ho sé, noto com que no m'acabo de sentir plena, satisfeta del tot, saps?

—I no serà perquè no estàs tu al capdavant dels fogons? —em clava els ulls molt endins, inquisitiu—. L'Alfonso és el xef, i cada vegada et deixa fer més coses, mira-ho per aquesta banda. Però, a veure, sempre seràs darrere seu, això ho has de tindre clar. Fins que es jubili...

—Uf, no vull ni pensar-hi, en això de la jubilació. Si, de fet, quan ho penso tampoc em fa feliç, pensar que podria estar-hi al capdavant, no ho sé...

—Perquè és una cosa nova i et fa por, Nur, no crec que sigui per res més... —em toca la punta del nas amb el dit i el trau tot seguit, mentre respon.

—Potser només m'agrada cuinar per als meus, no ho sé... —faig una pausa, veig que el Quim m'escolta atentament i prossegueixo—: I si estic negant-me una altra opció que em podria omplir més?

—Si no ho proves, mai ho podràs saber —el Quim torna a sospirar, que ja ho hem parlat altres vegades i sempre és el mateix—. No t'ho pensis més i comença a fer algunes assignatures de literatura a distància, que no hi perds res, i a veure què. Però fes-ho i no hi donis més voltes —i sento que ja he de callar, que ja és difícil, esgotar la seua santa paciència.

Uns sorolls que sentim al despatx activen tots els sentits del Quim, però és la Violeta, que ja m'havia oblidat que hi era. Ens diu que perdoneu, només surto un moment a buscar un got d'aigua. El Quim la mira, perplex, i després em mira a mi, ara a ella ara a mi, amb els ulls ben constrets. Encara la ressegueix amb la mirada quan retorna a l'habitació, servida amb el got d'aigua. Es gira de nou cap a mi, estupefacte, i m'etziba amb veu serena que ja veus tu que hi està tan habituada que ja ni em saluda, que no sabia que avui també corria per allà.

—Ja, sí, tens tota la raó... he de parlar amb ella... avui, res, com sempre, m'ha dit que si podia vindre i no... —que no li sé dir que no, volia dir-li, però em talla.

—Ja... i què està fent?

—No ho sé, mira alguna cosa a l'ordinador —el Quim abaixa la mirada enmig d'una alenada sorollosa i prossegueixo—: Ja ho sé, és estrany, no sé què hi pinta, per aquí, que el que està fent aquí ho podria fer a casa seua perfectament, deus pensar, però... em costa, posar-li límits... ella sempre m'ha fet costat i... —però el Quim em torna a interrompre i em deixa parada, que és ben impropi d'ell.

—Ja... És que... ho sento però és que pareix que visqui amb nosaltres i t'ho he de dir, com una parella de tres. No és molt normal...

—Hi parlaré seriosament, de veritat, a veure si així...

—I també es quedarà a dormir, avui? —em repta, amb el rostre esgotat.

—No ho sé, la veritat... Ho sento, és que no sé què dir, hi parlaré, creu-me —i li omplo la galta de besets que pretenen que ho oblidis i deixa-ho passar, que ja gairebé no sortim del pis, Quim, que quasi no fem res fora del pis i veuràs que el sostre ens acabarà caient al damunt, però com t'ho dic perquè no arranquis a córrer una altra vegada, que només de pensar-ho em ve una temor que naufrago de nou, i llavors de tant en tant vaig sortint amb la Violeta, a les cafeteries on seiem a llegir, que fixa't que tampoc és gran cosa, el que fem, que ara llegeixo sobre una dona incòmoda que és lletraferida i fa temptejos amb el menjar, d'emocions inestables que li fan la guitza i una ment que li corre com el vent, que m'adono que la vida no és fàcil per a ningú, saps, i te'l faria llegir però no goso, que entendries massa coses i potser m'hi trobaries, fins i tot. I la meua balança ha de mantindre's equilibrada i bé que ho saps, que ara si de cop em giro i ja no hi ets, només és ella, la Violeta, qui m'ho pot compensar, que són molts anys que només l'he tingut a ella i ho has d'entendre, que gràcies a això que ara tornem a ser on som. Et miro amb un somriure imperceptible que em marca un clotet a la galta esquerra, però tu ni te n'adones, que t'has barrejat amb la llum pàl·lida de la pantalla que t'il·lumina tot, que ara ets el Jon Stark que traeix la Daenerys ben enamorat i que injusta és la vida. Tu, el meu Jon a la realitat.

Però els sorolls de la porta del despatx ens desperten del somni d'una batalla espaterrant i la Violeta, amb els ulls que se li queden clavats a la tele, ve cap a nosaltres tota abduïda, s'asseu com si res, que som una parella de tres, i comenta que oh, no em cansaria mai de veure la sèrie, que ja me la sé de memòria, i es queda allà, que és la cosa més normal del món. El rostre del Quim m'urgeix a fer alguna cosa, li dirigeixo un moviment amunt i avall amb les espatlles i deixo anar un Violeta, crec que hauríem de parlar, en un murmuri de moixó que no arriba a copsar, que s'ha perdut ella també en la comoditat de l'univers fictici que tenim al davant, i que fàcil que és tot, així.

XXIII

El peix em sotja implorant amb ulls aigualits i acollonits que queden absorbits per unes escates del mateix color marronós, i que no es distingirien si no fos per la boleta central d'un marró més obscur. Que ja m'has esbudellat i encara no he mort, no em posis al foc i deixa'm viure, per l'amor de déu. La veu de l'Alfonso que m'entra i m'ensopega per tots els canals auditius, que m'hauré de jubilar més prompte del que em pensava que no puc amb els malucs, si no em veus com camino que pareix que tingui vint anys més. Confio en tu, Nur, i has d'aconseguir remar més enllà del que oferim ara sense perdre'n qualitat, la cuina que hem fet sempre però renovada, amb tocs innovadors. Cuina tradicional i modernització al mateix temps, entens, això és el que hem de fer, el que has d'aconseguir, innovar-la. Encara em queda un temps abans de jubilar-me i vull que em vagis presentant plats, cada divendres un plat. Ho sents, cada divendres un plat. Sí, sí, arròs melós amb ortigues i calamar, pastís de peix amb tinta de sèpia, tàrtar d'ostres, què més? M'agrada molt l'alfàbrega. Pesto, hi he de posar pesto. És un cacau. Tot és un cacau. Mmmm, crema de cacauet.

El Quim i el seu son plàcid, que respira compassadament al meu costat. Demà és divendres... necessito una bona recepta, quina. Salmó amb salsa d'avellanes, no ho sé. Demà... demà hauria de netejar una mica, comprar quatre coses per a la cuina, passar per la biblio, però no vull retornar la història de l'Èlia de cal Pedró que me l'he sentit tan meua, que passaré per la llibreria i el compraré, sí, faré això, i també hi ha el Quim, el Bernat del Trau que és com el meu Quim, el restaurant, els plats per cuinar. No tinc temps per a tot, no tinc prou temps. S'obre un forat, un forat com una foscúria sense fi que m'arrossega per força magnètica i em va engolint. On soc? Ja està bé, Nur, prou. Stop, keep calm. Prou!

M'aixeco, una infusió de bona nit, relax i son. Til·la, passiflora, valeriana i camamilla. Camino una mica, me la prenc. Faig pipí. Miro una mica la tele? No, millor provo a dormir una altra vegada. El Quim, el restaurant, les receptes, bacallà gratinat amb trufa negra, la mare, la Violeta, la vida, que passa ràpid sense estacions de pas. Una ovella, setze ovelles, rossejat amb espardenyes i llagostins, trenta-nou ovelles, cinquanta plats, pesto, rom amb un toc d'alfàbrega sobre un llit d'alls tendres i patates al caliu, potser és massa tradicional, seixanta cabres. No, eren ovelles. Amb ovelles no funciona. Quatre, set i vuit. Inspirar i expirar, aguantar l'aire. El cavall m'agrada més. Ho provo amb cavalls. Un cavall, deu cavalls, demà per dinar. Necessito més hores al dia. Respiro. Que bonic va ser, aquell dia que vam anar a muntar a cavall. El Quim, el pis, la Violeta, parella de tres, i els plats del restaurant. M'estiro els cabells. Me'ls estiro fort. El pare, el meu pare, on ets. No puc. Les profunditats del forat negre són inabastables, com el peix que ja no em mira, que damunt el foc va tancant per sempre els ulls de color d'arena.

La cuina de casa és una olla de grills, tot de paelles, safates, coberts, plats, fogons encesos, forn a temperatura, l'oli a punt, farina per amassar i menjar escampat. Omplo d'aigua dues olles, la botella que em mira al calaix. Tampoc sé si vull quedar-m'hi, al restaurant, les assignatures de literatura m'agraden molt, m'engresquen, en vull més, em fan llegir i oblidar el cap. No és... no és només la cuina, la cuina en si, també hi ha els companys de faena. Em veuen jove, la protegida de l'Alfonso que és amiga de la nebodeta. Els que hi porten força temps em miren amb recel. On va, tan jove, qui es creu que és? No només els treballadors, també hi ha els comensals. Desconfien, quan em veuen. Mira-la, que jove i fresca, què es pensa, tan jove. Clisso mirades, capto comentaris, la Meri en diria les meues paranoies i jo no ho sé, la veritat. I ja m'imagino la mare amb la copa a l'aire i amb el seu ja t'ho deia, jo, ves on anaves, amb la cuina, i fent un brindis per ella i no per mi perquè ja és hora que te n'hagis adonat.

Remeno a la butxaca i m'omplo jo una copeta que és un got normal. El cap de sala sí que em vol a prop, ell sí, massa a prop que em vol, que noto la seua mirada incisiva que em crema a l'esquena, els pensaments de foc que li puc llegir dins el cap, les seues mans llargues que m'atien a sobre. No ho puc explicar, a l'Alfonso, que són grans amics i no ho entenc, de veritat que no entenc com poden ser-ho. Però, en certa manera, no l'hi puc dir perquè... perquè no ho tinc clar, no tinc clar res. L'altre dia... l'altre dia em fa que em seguien, quan vaig sortir a córrer al vespre. Em va parèixer veure un home menut, baix, mig rodó, com ell. I tant, que pareixia ell. Quan vaig tornar a girar el cap, ja no vaig veure ningú. No ho sé, no sé si l'era, si era algú, si m'ho faig jo mateixa amb el meu cap, si soc jo que m'ho munto tot o si és la realitat tal com és. I el líquid del got que ja em cau gola avall.

El peix dels ulls de pena és per a la mare, per això li costa tant morir, tota ella dura com el roure. Al ioga ens ensenyen a respirar i a perdonar, però no és fàcil, no ho és gens. Hi ha una senyora que demana el full de reclamació, m'etziba l'Alfonso, amb espurnes de saliva que se li escapen de la boca. Trac el cap al menjador i veig la mare amb el seu Toni estimat, que el rom està cru, que com podeu servir un peix cru si feu pagar un ull de la cara, no teniu cap vergonya, porteu-me un full de reclamació ara mateix. Mai ens havia passat una cosa així, Nur, em crida l'Alfonso per darrere, però ja he engegat camí, que he arrancat a córrer esperitada i que em deixin en pau. Almenys afronta-ho i no t'escapis, em sermoneja l'Alfonso, que em persegueix mig coix, m'has traït, Nur, m'has fallat com a la Violeta, i s'ha de frenar que no pot continuar, i no entenc què hi pinta, la Violeta, aquí, per què l'anomena, si encara no he parlat amb ella. La mare que riu amb la cara plena i arrugada des de la porta del restaurant, i ja tinc raó jo que no tot es pot perdonar.

I mentre les cames m'avancen àgils sense destí, vaig entenent que no és el cap de sala qui em vigila per darrere sinó que és l'Alfonso, que no se'n refia de mi i ben bé que fa, però em giro i respiro alleujada que ja l'he perdut de vista. Reclino el cos, poso les mans sobre els genolls, vaig fent alenades fortes i ja reconfortada, quan alço els ulls, hi ha la Violeta davant meu, tota seriosa amb els braços encreuats, que és més grossa que mai, que es va fent marronosa, cada cop més inflada, com el peix que no vol morir, com el rom de la mare, que se m'acaba plantant sense cames al davant, imponent, rei del tron de la mar, que em vol aixafar i ja no soc a temps de fugir, però sí de despertar-me d'un salt, tota recoberta d'aigua de sal, i em trobo que soc al sofà, que es veu que en algun moment he trobat el son fet de malsons.

—Què fas aquí asseguda, i vestida, a les vuit del matí? —em pregunta el Quim, només sortir de l'habitació amb els ulls lleganyosos. M'alço del sofà i li faig una abraçada tova de bon dia.

—Res, m'he despertat prompte i ja no podia dormir més —li explico, com si res—. Mira, ves a la cuina, he preparat un pastís de moniato i formatge.

—Ho dius de veritat? Mare meua, no tens remei! —m'amolla, mentre em despentina els cabells ja arreglats suaument amb una mà, i es dirigeix directe a la cuina que no em vol preguntar el que li ompliria el cap de romanços ja de bon matí. El segueixo i li aboco cafè en una tassa, mentre ell olora el pastís i se'n talla un bon tros.

—M'he vestit ja perquè em moro de ganes d'anar al mercat —li comento, atenta a la seua reacció, però ell només em dirigeix un somriure petit de son. S'asseu al sofà i es va bevent el cafè amb llet a sorbets petits, amb els ulls al telenotícies. Exalta el meu pastís, que suca al líquid de cafeïna sense fer-me gaire cas. Em va dir que avui sí, que podríem anar al tast d'olis que fan al mercat, que pareix que haguem d'esperar que facin coses per sortir de casa plegats, i així aprofitem per fer la compra, va afegir, com si aquest fos l'únic motiu de l'aventura, que total, la compra l'hem de fer igualment, i fins i tot penso, de vegades, si és que no vol que la gent ens vegi junts, o què sé jo.

El sol del migdia de mitjan abril s'escola càlidament dins el mercat, atapeït de gent que fa tastets de pa amb diferents olis de la zona. Anem caminant entre esbufecs diminuts del Quim que no vol que se sentin massa, que no pot sofrir moure's entre la multitud. Li solto la mà i m'aturo anestesiada davant d'una parada que ofereix el tradicional pa amb xocolate, oli i sal, i penso que potser se'n podria fer una recepta, al restaurant, fent-hi alguna mena de renovació. Em col·loco a la cua per tastar-ho i el Quim que no sé on ha anat, que no el sé veure.

Aixeco el cap entre la gent i, com no pot ser d'altra manera, albiro la cabellera rossa i ondulada de la Mar, la càmera, el trípode i tots els seus aparells de comunicació, que poc que sortim sempre la trobem, i és normal si només ens movem entre els actes on s'arremolina el públic. La miro, tantes coses que aspirava a fer i encara no s'ha bellugat de la tele local. L'única diferència és que ara té un noiet que li porta la càmera i tot altre pes mentre ella, l'estrella local, només s'ha de preocupar que no se li mogui un cabell a la pantalla.

La cara se'm descompon i la gent que m'avança a la cua, que el Quim és amb ella, parlen una estona entre rialles estúpides i després se situa en un aparador on ofereixen oli amb tòfona que ni es preocupa per buscar-me, ves que no se n'hagi ni adonat, que de cop va sol, potser és que ho prefereix, lliure com els ocells i anar picant.

—Qualsevol diria que ens estàs perseguint —deixo caure, per sorpresa, plantada enfront la Mar amb el rostre dur, i ella que fa un rostre estrany i tot seguit dibuixa una riallada.

—Ei, Nur —diu, amb els ulls abaixats, que darrerament pareix com que ja no li agradi tant, trobar-me—. Què vols dir, que us persegueixo? —em pregunta, ja amb els ulls apujats—. Sí, és veritat que ens trobem tot sovint, però jo no persegueixo ningú, bé que ho saps... —i la boca ara se li tanca amb força que no vol dir el que anava a dir, i la replega al cantó esquerre feta una bola, com si es mossegués un trosset de carn—. Per cert, per qui parles, en plural? Amb qui has vingut? —i fa que mira per totes bandes però no veu ningú, ni jo tampoc que a saber on s'ha ficat el Quim, ara.

Faig un gest brusc amb la mà perquè ho deixi córrer i me n'allunyo, que ves si es pensa que soc jo que la persegueixo a ella, que és cert que no és cosa difícil, que el Facebook sempre revela on es proposa anar, però el meu únic interès és fer sortir el Quim de casa i respirar plegats l'aire dels carrers, i mantindre'ns lluny d'ella, si pot ser, que diràs que el Quim també segueixi els destins del seu Facebook per triar els actes on anar. Una llumeta al cervell que em posa en alerta i m'omple el front d'espetecs glaçats, però què m'empatollo, no pot ser, això, i ja estic arribant a casa tota sola i emmurriada, que un dia que fem alguna cosa m'ha de deixar sola, i hauré d'assajar la bona cara per quan arribi, no sigui cas que es vulgui apartar de mi de nou.

M'acomodo al despatx, connecto l'ordinador, obro el Facebook i busco el perfil de la Mar, que ja em surt per defecte a sobre de tot del cercador. Repasso les fotos que ja em conec de memòria, la seua cara de nina que trau la llengua a l'espectador amb un gelat a la mà, el seu cos esculpit per renaixentistes italians que salta de felicitat davant la Torre Eiffel, una abraçada tendra amb una amiga a la sorra de la platja que és la simbiosi de dues models. No només són les imatges, sinó també la ironia de les seues publicacions, amb paraules sempre ben trobades i perfilades, que cauen en gràcia, amb una quantitat inimaginable de m'agrada i comentaris que li donen encara més corda. Obro un altre àlbum on hi ha les fotos amb el seu xicot, que es veu que al final n'ha encalçat un, un David de Miquel Àngel que li fa el tàndem que dicta la natura, petonejant-se arreu sense cap tipus de privacitat, i aquella altra, en què ell li pren la cara de princesa amb les dues mans i la mira de ben a prop amb uns ulls ensucrats que li ofereixen tot el món, més encara, tot el que ve després del món, i tot seguit que uneixen els nassos amb la calidesa de l'esquimal per segellar la seua història tenyida de rosa.

M'alço d'un rampell i em situo davant l'espill del bany, que reflecteix un cos normal i corrent que no pot combatre els àngels, uns trets agraciats que no poden vèncer l'excelsitud de la reialesa. Empleno la banyera d'aigua ardent fins dalt, amb el termòstat fixat al màxim de la marca roja. No poso un dit per provar el riu de brases, que m'hi introdueixo tota sense pensar-m'ho. Agafo aire per no respirar. Un bramul de fera em surt de les entranyes, amb l'aigua incendiada que em clava les ungles afilades a les ferides del braç, encara en carn viva. Però m'arriba un soroll de passos avivats que em fan sortir del foc, el Quim, brau de les meues desfetes, que obre la porta i és la Violeta, que no recordava que també li havia donat un joc de claus. I el Quim, encara no ha tornat?, li demano amb una veu maldestra que no pot vocalitzar, però ella només reafirma el rostre desencaixat esquitxat d'angúnia.

XXIV

M'he posat el vestit negre ben arrapat, que és el preferit del Quim, amb unes sandàlies fines de tacó altíssim, la cara amb ombres obscures, els llavis d'un morat fosc, tota preparada per a la nit de l'aniversari a què no m'han convidat. Vaig pel carrer, amb el cap alt que es vol mostrar altiu tot i no saber-ne gaire, amb passos ràpids que em mouen exageradament els malucs i un cigarret als llavis que em queda bé però que em fa vindre arcades. Els homes que es giren, quan passo, alguns que em tiren floretes pujades de to, i somric per dins amb el cap encara més pujat que és el que volia. Paro davant el vidre d'un aparador i em miro els ulls, més intensificats que mai pel maquillatge obscur, me'ls contemplo tan atentament que les ninetes m'engoleixen l'iris bru. Els premo amb força mentre la Mar se m'asseu al pensament, que aquesta nit sense estrelles del mes d'agost celebra els seus vint-i-vuit anys en una discoteca de gent esnob que es creu per sobre dels altres. No entenc aquesta mania seua de compartir-ho tot a les xarxes, que qualsevol depravat la podria seguir, però no em queixo que a mi ja em va bé. Jo, en canvi, ho tinc tot ben privatitzat i gairebé mai hi penjo res, que prou faena tinc per encarrilar-me la vida que només em faltaria fer-ne partícips els altres. Torno a assuaujar els trets dels ulls, respiro fort, plenament alleujada, em regalo un somriure ampli i continuo fent camí amb el somrís que no se m'esborra dels llavis.

Va ser la bruixa qui em va parlar de la força dels meus ulls, farà un mes, justament el dia del meu aniversari, que vaig passar pel seu davant que no l'havia ni vist i em va dir felicidades, bonita. Em vaig girar de cop per veure qui em felicitava, i em vaig trobar una dona grossa i cridanera asseguda en una cadira en un racó entre dos carrers, amb una taula petita al davant i tot de cartes escampades. Mai l'havia vist allí, o mai m'hi havia fixat, tot i haver-hi passat mil vegades i tot i el seu aspecte estrident. Tenia tots els cabells rossos i arrissats escampats en un garbuix al voltant del cap i una cinta lluent sobre el front, del mateix groc daurat del seu vestit i de la gran quantitat de joies que duia.

—Perdoni, senyora, m'ha felicitat vostè? —li vaig inquirir, sorpresa, plantant-me al seu davant amb passos insegurs, però ella només va fer una riallada amb tota la cara resplendent per l'abassegament de maquillatge—. Per què ho ha fet? —vaig continuar, visiblement bocabadada.

—Hijita, tu padre está bien, no te preocupes por él. Descansa, ahora puede descansar de verdad. En este mundo solo sufrimos, tú sufres mucho, hijita, pero todo acabará.

—Què vols dir? Que em moriré? —li vaig dir, espantada—. Estàs dient que em moriré? —vaig insistir.

—No, no, hijita, no me refiero a eso. Claro que morirás, algún día, quién no, pero no veo tu muerte, veo otro tipo de alivio, te veo tranquila, sin preocupaciones, con la cabeza en calma, en una habitación de paredes blancas —l'escoltava amb la boca oberta i els ulls clavats al braçalet que movia sense parar, amb grans perles de tots colors que feien dring insistentment sobre la taula. No entenia res del que em deia però el seu magnetisme em deixava fermada al seu davant, sense poder-me'n allunyar ni una passa. Llavors, per sorpresa, es va alçar d'un bot, em va agafar el braç amb força, em va aproximar a la seua cara que li sentia tot l'alè de perfum de flors intenses i va continuar amb el sermó, ara amb els trets preocupats—: Qué ojos que tienes, mi hija, cuánta fuerza que veo en ellos, toda la fuerza de una vida entera, y cuánta gente rendida ante ellos. Pero te lo advierto: ten cuidado, mi hija, ten cuidado con lo que deseas con tu mirada, el mal de ojo funciona en ti, pero todo vuelve, hijita, tienes que saber que el karma siempre vuelve —em va alliberar els meus ulls sobre els seus i em va soltar el braç, que em retornava els batecs accelerats del cor. Veia les cares de la gent que ens mirava per darrere projectades a les perles del seu braçalet, i a poc a poc, encara torbada, encarcarada, i sense saber què dir, em vaig poder moure i fugir d'allà, cada vegada més ràpid, però la seua veu, camí enllà, no em volia deixar en pau, encara no:

»Niña, vete, vete, pero aún tengo otro mensaje: deja estar al chico, él no es tuyo, ni de nadie, es del mundo, como todos —es va acomiadar en un crit prolongat que em seguia amb el vent, i que se'm va arrapar a la pell com una puça que mai se sacia de la teua sang, i ja no em vaig voler girar més.

I avui és la nit, fosca com la gola del llop, que s'ha empassat la llum de la lluna. Ja soc a la discoteca, busco el meu objectiu i, quan ja l'he localitzat, m'acosto a un cantó de la barra on no se'm vegi gaire i on jo ho pugui veure tot, sobretot a ella, només a ella. Són en un racó de la sala, ella i el seu nòvio perfecte, junts que pareix que no es puguin desfer l'un de l'altra. Se'm regira la panxa, com si em donessin puntades des de dins sense tindre-hi cap tipus de vida, a les entranyes, que tota jo soc vida que se'm perd mentre contemplo el que ells han arribat a ser i jo no he pogut. Ella sempre pot, sempre endavant, sempre la millor, i jo que coixejo rere seu, ben allunyada. Continuen ben enganxats i no els vull mirar però no ho puc evitar, entre glop i glop del meu cubata. Em trago l'alcohol de la copa i la pròpia pena del que em mostren els ulls. Però avui m'he de mantindre serena, amb els ulls ben oberts, ben vius, tot i que això impliqui veure el que no voldria, el que em fractura en mil·lèsimes de peces invisibles per tothom. Afino més la mirada i m'adono que no és que estiguin ben agafats, junts i coordinats per dansar el món, sinó que ell l'està subjectant a ella, que li costa aguantar-se dreta només que ell li tragui una mà del damunt. Llavors somric amb tota la boca, que jo no soc l'única que cau ben avall, i més en una nit en què hauria de ser la protagonista del ball i que s'està convertint, només, en l'heroïna del ridícul. Obro encara més la boca, que mostro totes les dents fins que veig l'esguard que em dedica el cambrer, tot constret, interrogatiu, que s'uneix al club dels que pensen que no toco vores i a mi què, això, ara.

Al cap d'una estona, el príncep blau la deixa en un sofà que hi ha a prop i amb gestos amb els braços i les mans intueixo que li diu que es quedi allí, que no es mogui, que ell només va un moment al lavabo, i que no torni a la barra, que ja ha begut prou. Després, assenyala amb els dits on hi ha el grup d'amics per dir-li que pot anar allà, si vol, que ell no tardarà. Però la protagonista convertida en nena petita i malcriada es posa la mà a la barbeta, pensativa, fins que es cansa d'estar-se allà i decideix alliberar-se'n i provar sort a la sala del costat. La segueixo a una distància prudent i em quedo en un cantó discret de la nova sala. Ella s'obre camí maldestra fins al mig de la pista i, sola amb ella mateixa, es posa a ballar exageradament, amb moviments matussers que li fan lliscar cada cop més amunt el vestit roig ben curt i ben ajustat que duu. Se li albira el doblec que precedeix el cul, fastigosament nu de cel·lulitis, i l'inici de les calcetes, d'un blanc ben pur que sobresurt per contrast a la seua pell torrada. Em sento dins d'una comèdia de l'absurd, però m'obligo a centrar-me, que no m'he de desviar del meu objectiu. Per això, li clavo els ulls de fera, que es conjunten amb la nit tenebrosa de fora, i els premo fort, fort, ben fort. M'hi estic una bona estona, ben concentrada que em fan mal els ulls, amb el cap que no pot pensar que tot queda al prisma de la mirada i a la força que hi poso perquè tot vagi com ha d'anar.

Tres homes desencarrilats, que no encerten els passos que fan i caminen inclinats per tot el pes de les copes de més, se li acosten. L'envolten en una rotllana mal feta i es mouen ben encorbats, amb el cul molt cap enfora i les mans i la beguda ben alçades, amb gotes de pluja enganxifosa que en van sortint per encastar-se a les seues pells suades. La Mar somriu, orgullosa de ser el centre tot i que no pot captar de què, que de tant en tant obre els ulls però no hi clissen res. Balla i va caient, ara cap a un, ara cap a l'altre. Els homes s'aproximen més, confiats, i comencen a posar les seues mans humides i fastigoses, brutes d'alcohol, per tot el seu cos. Esquena, cintura, malucs, pits i ja en tinc prou. Ja li són ben al damunt, que dansen sexe contra sexe, sexe contra cul i les protuberàncies als pantalons. L'empenyen d'un a un altre en aquella rotllana en què no corre l'aire i ella es deixa fer, estúpidament riallera. Faig una arcada i em giro, silenciosament satisfeta, i el somriure de la feina ben feta m'acompanya fins a la barra d'abans, ben allunyada de la vulgaritat que es trobarà el senyoret impecable que és el seu xicot quan l'encalci. Demano el meu vodka amb llimona i faig un brindis ufanós per mi abans de marxar, que el Quim ja em deu trobar a faltar i no només ell, que jo em vull vinclar en el seu refugi d'escalfor, concordada al seu cos de nit.

Ja m'estic acabant el cubata quan el veig, que s'aproxima cap a mi lent i dubitatiu, amb un signe interrogatiu que li emmarca tota la cara. És el príncep blau de la Mar, guapo, fort, moreno, protector, i quins ulls, clars, de caramel de llimona, que me'ls empassaria si m'ho deixés fer, però que ara tenen tot d'estranyesa a dins, estupefacció exagerada, com si s'hagués topat amb una mona ballant i bevent al mig de la discoteca. I aquesta mona soc jo, que un altre cop em fa que li he trencat els esquemes de les nits que podrien ser perfectes, o gairebé, perquè no ho són, que només cal veure l'estat de la seua estimada. Se'm situa al davant, tal com és, amb tota la perfecció que em trenca per dins i m'ofega la gola de llàgrimes.

—Nur... —em clava els ulls de llimona ben, ben endins, i m'estremeixo de dalt a baix—. Què... què hi fas, aquí?

—Jo... jo... emmm... res... ser aquí, a la discoteca, com vosaltres —abaixo els ulls, em deturo una estona llarga i després amollo, acusadora i visiblement torbada—: No és propietat vostra, oi? —el noi em torna una mirada encara més inquisitiva fins que mou el cap de banda a banda diverses vegades amb els llavis ben premuts, perquè no hi ha res a fer, amb mi, vol dir, i m'ofèn però no faig res més que esperar el seu torn, que m'agrada, sentir que em parles.

—Bé, és igual, deixem-ho... Has vist la Mar, per aquí? L'he perdut de vista i no la trobo per enlloc.

—Jo miraria per l'altra sala —li dic tot de sobte—. Però no t'enfadis gaire que em pareix que s'ha passat amb l'alcohol... —continuo com si res, amb cara picardiosa—. Mira'ns a nosaltres, en canvi, que tan serens que anem, i quin goig que fem, carai, llàstima que ja marxava —li llanço, aprofitant la seua expressió de dubte, amb la cella que li agafa forma de triangle, però es queda encara més descol·locat i insisteix a moure el cap de banda a banda, acompanyant-se d'un gran sospir.

Em torna a mirar amb les ninetes ben endins que vol entendre el que no és tangible i acte seguit dona la volta, rendit, que no troba més paraules per dir. Ja d'esquena, alça una mà per dir adeu i remuga alguna cosa com ara que va a mirar a l'altra sala i no hi ha besets perquè ja no n'hi ha, entre nosaltres. Em quedo cap endins mentre el veig anar-se'n, amb el seu cul rodonet que voldria tindre sobre meu, tot un món fet de dues muntanyes simètricament arrodonides on voldria escalar fins al final dels dies, amb un llit, menjar, un sostre i res més que ell i jo.

Llavors, de cop, els veig, els tres homes d'abans, els que ballaven amb la Mar, que ja no sé per on para, ara mateix. Els tres homes són a la porta del bany de les dones, que no paren de repicar els peus plans contra el terra i el cubata que els balla a les mans, com si fes estona que s'estiguessin esperant. S'acosten en forma de grup tancat, xarren entre ells i prenen una decisió entre paraules farfalloses i caps enterbolits. Aleshores un d'ells obre una miqueta de res la porta del bany que no és el seu i hi posa l'ull cec. Tira el cap violentament endarrere, tanca la porta de cop i els fa marxar apressats, amb els caps acotats, els peus ferms cap al terra que fàcilment se'n podrien desviar. Esperitats, es dirigeixen a la sortida, amb camins de suor que els recorren les cares nervioses, i els ulls que no els saben on mirar. Un llamp electritzant em recorre tota com un mal pressentiment, i la nit, tot de sobte, ha engolit els fanals que li donaven la mica de llum, per cobrir-la amb unes estovalles d'obscuritat espessa que es pot sentir, que es pot palpar, que fremeix l'ànima.

M'acosto als banys titubejant, que em costa respirar, que els pulmons no s'acaben d'omplir de tot l'aire que necessiten.

Em quedo uns segons llargs recolzada a la porta del lavabo, el cos em tremola tot, de dalt a baix. Deixo el cap contra la porta, compto fins a deu, inhalo tan fort com puc i, ben lentament, giro la bola del pany. Obro la porta, faig els ulls com taronges que no em crec el que veig, els tanco i els torno a obrir diverses vegades per assegurar-me'n i em surt, de cop, com una torrentada, tot el plor que portava retingut a la gola. M'acosto vacil·lant a la figura que hi ha estesa al terra, un peu endavant, després l'altre, després l'altre i l'altre, que han perdut l'instint i els he de manar l'acció que han de fer. La Mar està reclinada de cantó, com un bebè innocent que encara no sap anar sol pel món.

El torrent de llàgrimes se m'asseca de cop, en un puny a la gola que em priva encara més del pas de l'aire. Milers d'idees em passen pel cap, i se m'hi instal·la el llac, tot majestuós, on érem de menudes, que ara el llac és el sòl d'un lavabo i no sé si et sabré salvar que no soc prou forta per a res ni per a ningú. No sé desfer el que faig, que el terra m'enganxa els peus i em converteix en una trista estàtua per adornar. De repent, una arcada em fa doblegar tota i el vodka amb llimona se'm dispara per la boca, per mesclar-se entre el que podrien ser vòmits de la Mar, que la cobreixen i l'envolten en un espectacle sense escrúpols. Em refaig una mica i aconsegueixo acotxar-me, li poso un dit sota el nas i noto un bri d'aire que em pessigolleja la carn i em dona esperances. Esperances no sé de què, només per ella però no per mi, un monstre que crea el desastre i després el deixa així, sense res a fer.

La Mar comença a moure els dits molt lentament, després els braços, i em quedo com anestesiada però m'alço d'un bot que n'he de marxar. Arranco a córrer sense mirar enlloc per arribar a casa i posar-me sota la dutxa, per rascar-me la pell fins fer-la caure, per mudar-la per una de nova que sàpiga avenir-se amb la llum càlida del dia i no només amb les tenebres de la nit, que se senti neta quan arribi el final del dia, que somrigui per la placidesa de les coses de cada dia, com veure créixer les plantes alteroses en amunt. I no només em rascaré la carn, que també em burxaré els ulls, encara més fort, amb tota la fúria, fins que aprenguin a brillar de candidesa i per la pura simplicitat de les coses boniques, com les flors que s'obren i perfumen la primavera, però no per tot el que poden arribar a fer, que només saben témer-se pel que són i el que poden desitjar. I hi he d'arribar tan ràpid com sigui possible que allà hi ha el caliu dels braços del Quim, oberts per a mi després de tot, que poden esborrar fins i tot les batalles més invencibles contra tot i contra la mort. Ai, papa, que penso en tu, que no sé què faria jo sense el meu Quim, que em fa ser amb tu sense ser-ho que no t'ho pots ni imaginar, que sé que ets tu qui el mantens al meu costat per sempre, el fonament que em manté dreta perquè no em doblegui el món.

XXV

Plouen tot de pedres de gel esmolades que cauen del cel com grans gotes d'aigua. Em quedo parada, cansada de córrer, que no albiro refugis a l'horitzó. De sobte, una pedra m'enclava com una roca el peu al terra i me'l parteix pel mig amb la punta ben afilada. El gel em glaça el dolor i no puc sentir, només la temor que se m'arrapa com una medusa incrustant-se'm a la pell sota l'aigua. Alço el cap i espero amb ulls tenyits de terror i el crit rere les dents l'envestida d'un altre grup de rocs de glaç, que descendeixen amb urgència per afonar-me sota el terra cobert de blanc. Percebo alguna cosa que ve de lluny, de ben lluny, un soroll estrany, uns cops cada cop més intensos, que em porten a una altra superfície tancada en quatre parets. La silueta encara desdibuixada de la mare s'ha cansat de picar a la porta i l'ha obert amb violència, que li és igual si estava immergida en el meu son de malsons.

—Dorm, tu, dolça princesa de les nits, que és igual si a fora hi ha un terrabastall esgarrifós —el seu bon dia és colèric, impulsiu, acusador. La miro encara amb els ulls mig tancats i me'ls frego una estona, que no sé si és que encara estic somiant. Però els torno a obrir i la tinc al davant de nou, més a prop del llit si és possible, que em trau el llençol d'una estrebada i em crida impacient que m'alci, mentre apuja la persiana encara rabiüda que no entenc res. Em recolzo al capçal del llit i la miro des de sota, atordida, mentre ella creix com un gegant plantada al meu davant amb els braços encreuats i la mirada que és del color del foc de la fúria. Agafo la botella de la tauleta i abans que res faig un gran trago d'aigua que em deslligui els cordills que em sento a la gola.

—Què vas fer anit? Per què eres a la discoteca amb la colla de la Mar? Què li vas fer?! —m'escomet ben esverada, amb els braços ben premuts en creu que pareix una figura de ferro. Em submergeixo en el repositori de la ment i hi trobo imatges de la discoteca, la Mar, els tres homes que l'envolten, el cubata, el seu nòvio encantador, els tres homes que marxen apressats, el lavabo, el desastre. Els cordills de la gola tiben encara més i em retenen les paraules que, així i tot, no podrien explicar res—. Parla, què li vas fer?!

—Què vols dir, què li vaig fer? Què li podria haver fet? Però què et penses que soc, jo? No sé què t'empatolles, deixa'm, deixa'm en pau! —aconsegueixo dictar la meua defensa a poc a poc, després d'uns minuts de mirades reprovadores, entre els petits forats dels cordills que deixen córrer l'aire i les paraules. M'adono que voldria sonar alterada com ella i que només se'm sent cansada amb tot el pes de l'edifici, dels carrers, del cel, del sol, de la nit passada, del món sencer al damunt.

—Tu vas avisar el seu xicot que era al lavabo, que l'anés a trobar! —em segueix fulminant amb els iris de tempesta, ben altiva al meu davant, encara sense moure un bri dels seus braços encreuats, no sigui cas que els alliberi i sigui massa fàcil posar-me'ls al damunt. Em quedo de pedra, que havia oblidat aquest detall. Els glaçons del malson se m'incrusten al damunt mentre recordo que el meu instint, mentre corria cap a casa, em va fer traure el mòbil per avisar el príncep salvador del que havia vist al bany, que anés ràpid a rescatar-la—. Parla, collons! Què li vas fer?! Què va passar?! —continua erecta com un pi, però amb els llamps i trons que li espeteguen a dins.

—Prou de dir que què li vaig fer! No li vaig fer res, jo! La vaig trobar així, al terra, i vaig avisar el seu nòvio perquè anés a veure si estava bé. Què volies que fes més, digues, què?! —m'he desenganxat del capçal amb tot el cos, el llit, el sòl i tot que no para de vibrar.

—Tot, ho fas tu, sents?, tot! Des de petita, que portes el dimoni a dins! —i trau un braç que se li escapa al cel i li cau per avall ràpid com una descàrrega, encara sense trobar cap contacte—. Sempre estàs on hi ha desgràcies, sempre! I ara vols que em cregui que no vas fer res?! De veritat que vols que m'ho empassi?!

—El que jo sí que no m'empasso, i ja fa temps, d'això, és que el papa es prengués les pastilles ell tot sol sense més, que tu ja feia temps que l'acostumaves a prendre-se'n, cada vegada més, i més, i més, i la botella que ben ràpid li donaves, fins que...

—Es pot saber què estàs suggerint? —parla amb la boca tancada, entre dents, que no vol que es noti gaire com li tremolen els llavis, i els ulls, i tota la cara, i la mà que se li torna a escapar dels braços—. Quina barbaritat t'has atrevit a dir?

—Ja ho has sentit, el que he dit, ben clar que ho he dit! —ara sí, em planta una plantofada en tota la galta que ja no s'aguanta més, per deixar-me la marca del seu foc a la pell. Centro la cara, aguanto el dolor amb les dents premudes i continuo, encesa pel seu contacte—: A mi també me'n vas donar, de pastilles, amb la beguda dels dimonis, recordes? Volies que acabés com ell, oi que sí, que ho volies?

—Tu no estàs bé, sents?, gens bé, gens ni mica! —mentre

ho diu, es toca el cap per il·lustrar-me que m'hi falta alguna cosa, a dins, que no funciona com hauria de funcionar—. Com ton pare, com ta iaia, esteu tots com una puta cabra, de veritat t'ho dic! —em deixo anar sobre el llit esbufegant, que m'és igual tot el que em pugui dir—. Tot és culpa d'ella, saps?! De ta iaia, la *senyora perfecta* que ton pare tant estimava —la cara se li desfigura per disfressar-la de fàstic, com si hagués mastegat la podridura d'una mandarina. Fa un bot i un crit de ja no puc més, de desesperació per les coses que no m'han explicat mai i que jo no vull sentir per la seua boca de mots pútrids i infectats. S'adona que no reacciono i això la fa continuar, amb tota la ràbia—: Tot, tot! Tot és culpa seua! Era ton pare qui volia aquell remei dels collons, saps, era ell qui sempre m'ho demanava, que deia que era l'únic que li funcionava, i al final, doncs... doncs jo ja l'hi donava directament —em tapo fort les orelles mentre parla, que vull que doni la volta i desaparegui per sempre—. Però què carai? Per què t'he d'explicar res, a tu; per què t'he de donar explicacions? Vas ser tu qui gairebé ofegues ta cosina i que ves a saber què li vas fer ahir a l'altra, ets boja, com ta iaia, esteu com una puta cabra! —se li capgira la cara i de cop se li tenyeix d'un riure diabòlic completament fora de lloc.

—Ja m'és igual, el que pensis i el que diguis de mi; ja fa temps que no en tinc, jo, de mare! —li llanço, exasperada, i ella em clava claus amb els ulls uns segons molt llargs fins que torna a riure sense parar, més fort i tot, com posseïda, indiferent al comentari que li he amollat.

—Si mira't, sou clavadetes, tu i ella. Ta iaia, ves per on, va morir igual que ton pare, es va matar, que no ho saben fer d'altra manera! Per què m'hi havia de posar, jo, aquí, en aquesta família, per què? Ves què se'm va perdre... I ara, amb tu, que ets com ells... Tranquil·la que ja marxo, i tant que marxo, que no et vull veure més, mai més, si pot ser! —es gira d'una airada, però s'ho repensa que vol dir una última cosa, que encara no ha acabat—: Si jo no en volia de fills, saps; ja ho vaig dir a ton pare, que no en volia, que després del que va passar al Pep... no volia que es repetís una cosa pareguda, però ell... ja veus, i ara... em va convèncer, saps, que podries ser com el meu Pep, però... ja et veus, mira't, no us pareixeu en res, mai us heu paregut! Ell reia, jugava, sempre alegre i divertit, amb mil coses per explicar, i tu sempre sola, introvertida, malhumorada, maquinant ves a saber què, amagada rere un llibre, i què sé jo què més... Tu... tu com ton pare! No, no, què dic com ton pare, com ta iaia, que sou clavadetes, que porteu el diable a dins! —arronsa el nas i m'ensenya totes les dents, reconvertida en gos salvatge, però a l'acte em mostra la cua alçada en alerta i ara sí que agafa el pany de la porta, amb tanta violència que no l'encerta i es dona un cop.

Però jo ja me l'he tret del cap i de la meua vida, i visualitzo el Quim urgentment, concentrada ment endins, que vull ocupar amb ell tots els reductes mentals i no deixar espai per processar tot el que m'ha soltat la fera. I m'imagino l'abraçada, el recer que em cobreix com una manta tova i càlida de les nits més gelades, que s'ha degut aixecar prompte i potser ha sortit a córrer, que si no ja seria aquí, al meu costat, amb el seu silenci ple de paraules d'empara, com la mà invisible d'un pare que mai t'abandona, passi el que passi. Se m'escapa el seu nom, Quim, com un sospir que s'infiltra a l'oïda de la mare que ja no ho és i l'encalça al vol amb un gest de l'orella, que amb la mà ferida encara no ha aconseguit marxar del tot.

—Què dius, del Quim? —em deixa anar, amb els ulls que ara li brillen incomprensiblement.

—Jo tinc el Quim, saps? I tu, a qui tens, tu? Aquell perroflauta que mai podrà aproximar-se per poc que sigui al que era el papa? Aquell, tens tu? —responc, i ara també ric jo, amb ella, creant un circ de l'estúpid amb personatges esgavellats.

—El Quim, dius? Que tens el Quim? Deixa'm que rigui, va —se m'aproxima amb l'orella a la meua cara, envoltada amb la mà al darrere que vol ser un audiòfon, i amb la boca ben oberta que se li escapa una riallada despectiva—. Però què t'empatolles, Nur? Encara estàs més boja del que em pensava. Si et queda una mica de decència, deixa't d'enganyar ja d'una vegada, que fots pena. —M'ho diu molt a prop, amb tota la cara arronsada i l'alè del cafè del matí. Noto que em bull la sang, el puny que em vibra que no se m'aguanta quiet, i em continc amb una escopinada que li tiro en tota la cara. Ella es neteja ràpid amb el llençol, amb les mandarines podrides reproduïdes de nou a la faç i tota la ràbia retinguda. Després m'agafa fort el clatell per darrere i em diu, encara més a prop, amb els ulls que em despullen tota, que ja saps on has d'anar, si busques el Quim, ben bé que ho saps! I acte seguit marxa, amb la bossa que de la urgència em colpeja amb força el braç i la porta que espetega furiosa contra la paret, per deixar-hi una marca per sempre.

Quan sento un segon cop a la porta principal, m'alço del llit d'un salt i surto ràpid al menjador, encara amb tota una foguerada que em recorre els canals sanguinis, i no entenc com és que el Quim tarda tant i on s'ha degut ficar. El que em trobo, però, és la Violeta, ella sempre on no ha de ser, asseguda al sofà amb la tele engegada com si res, i l'incendi que m'ha arribat a les puntes dels dits. Em mira amb ullets d'animal desprotegit, que ha topat sense voler-ho amb els rastres roents que ha deixat la mare i les flames que se'm trasllueixen al rostre que no es poden esborrar.

—Es pot saber què hi fas, aquí? —no parlo jo, que parlen les meues brases.

—Nur... què ha passat?, què et passa?, estàs estranya, fas molt mala cara... —trau mig cap des de dalt del sofà, que no s'atreveix a mirar-me directament.

—Et dic que què fas, aquí, Violeta.

—Com que què hi faig, doncs soc aquí, mirant la tele, ja ho veus —i m'assenyala l'aparell amb el comandament a la mà.

—No, si ja... això ja ho veig, sempre estem igual... —ara soc jo que, inconscientment, reprodueixo l'estàtua de braços encreuats que abans era de la mare, immòbil que no pugui escapar-se'n el foc—. I el Quim, on és el Quim?

—Com, el Quim...? —constreny el front amb una cella aixecada, encara amb la cara tombada que li surt per sobre el sofà—. No t'entenc, Nur...

—Va, no te'm facis la ximpleta, ara! L'has vist, o no?

—No... no t'entenc... Què vols dir, si l'he vist? Al carrer, vols dir? Si no he sort... —però no la deixo acabar que l'interrompo, amb el cap ardent d'idees que se m'encreuen, disparades, aquí i allà.

—A què jugues, Violeta? T'estàs divertint o què? Perquè jo no, saps, jo no em diverteixo! —no puc aguantar la calma hipòcrita per gaire més, que dins meu tot és un volcà a punt de—. Al pis, si l'has vist al pis! On, si no?!

—Com, al pis...? —la seua cara queda engolida per un punt de constricció que té al mig, a la part superior del nas, on tot conflueix en replecs d'arrugues—. Fins on jo sé, Nur, el Quim no ha posat mai els peus en aquest pis —i ara el to li surt cansat, derrotat d'incomprensió.

Em poso a riure que em doblego tota, recolzo les mans als genolls i em sento la panxa que es comença a queixar. Em redreço com puc, encara amb riures intermitents que se m'escapen per sota el nas, m'acosto a la Violeta que em mira des de sota però m'aguanta la mirada i, des de darrere el sofà, a dos pams, li crido que sou vosaltres que esteu tots com una puta cabra, i que marxi ara mateix a casa seua, que això no pot continuar així. Si tingués un espill al davant, m'hauria sorprès el mateix rostre de la mare, de qui s'acaba d'empassar un iogurt caducat de fa temps, que no té dolçor, que tot és àcid. Els ulls espantats de la Violeta es tornen desafiadors, i ja no és més un pobre ocellet, que ara és una àguila majestuosa que vola desplegada per damunt del foc, que es mira el volcà alterosament, des de dalt, que no se'n sent víctima.

—Nur, què fots? De veritat, què estàs fotent?! —reclama el rostre aversiu de l'àguila d'ales obertes, que s'ha deslligat del sofà que la retenia.

—Que marxis, dic! Ja, fora d'aquí! Estic farta, fartíssima, que estiguis aquí. Espavila't, aprèn a viure sense mi! —passo els ulls pel balcó i em deturo de repent, que una idea se m'ha acomodat al cap—. Mira, ja sé què farem, ara. Anem al balcó, surts, tota sola, i crides als quatre vents: soc lesbiana, i què, no em fa res confessar-ho al món, i a partir d'ara sortiré a lligar sense manies ni rucades, que soc verge amb vint i tants i així soc jo, però i què, eh, i què! —veig com la bèstia amb ales s'ha fermat sobtadament, amb una vibració constant per tota la força que conté—. No et mous, eh, no en tens collons, però tranquil·la, no et moguis, ja ho faig jo per tu —m'encamino al balcó però la Violeta m'encalça i m'agafa fort el braç, que m'hi quedaran els dits marcats per dies. Em dono la volta i topo amb els seus ulls, incendiats com no els havia vist mai, que ha sortit de l'espai arraconat en què es movia, poca cosa que era abans, una mosca inclinada esperant la pala, i que ara és la pala que riu davant la taca negra i diminuta que se li vol escapar, vola, vola, si igualment t'aixafaré.

—Què t'has pres?! Què et passa, a tu?! Estàs fatal! No he de marxar enlloc, jo, que aquest és el meu pis, i ets tu la que vas vindre aquí que no tenies ningú, quan vas tornar, recordes? O és que ara no ho recordes? —encara amb el iogurt passat marcat al rostre, miro tot al voltant i veig que tot són coses d'ella, les fotos del moble, els llibres de dieta de l'estanteria, els tractats d'enginyeria, les pel·lícules antigues, les espelmes, les jaquetes del penjador, i no sé què n'ha fet, de les coses del Quim, per què les ha amagat.

—Sí, és veritat, hi ha una cosa que és veritat: a mi no em necessites, ningú no em necessita, per a res! Soc un desastre, un zero a l'esquerra, que tot ho esguerro, sents?, tot! Si no sé ni on s'ha ficat el Quim, ara, no ho entenc, ni on són les seues coses... —el foc, tot de sobte, s'ha apagat, amb una galleda d'aigua freda, ben freda, que m'ha caigut a sobre i que em fa tremolar de dalt a baix, repic de dents que posen melodia a l'escenari esglaiador de la confusió.

—El Quim, el Quim, el Quim! Es pot saber què et pica, ara, amb el Quim?! Si fa mils que no aneu junts, que ho vau deixar quan érem a Barcelona —em llança, amb el gust compartit del iogurt que abans eren mandarines podrides a la boca—. Encara tindrà raó ta mare, que no toques vores, estàs fatal de veritat! —torna al sofà i s'hi deixa caure, que no cal ni perdre el temps amb la mosca que soc jo—. Ja ho saps, on és, ara, el Quim, i ja saps que no és aquí, que no hi ha estat mai. Reacciona, fes el favor —es queda rumiant un moment i de cop fa que sí, que per fi ha trobat la peça que li mancava per encaixar-ho tot—. Bé que ho saps, on trobar-lo, cada migdia i cada tarda quan hauries d'estar treballant, perquè és això el que fas, oi? Clar que és això... seré estúpida, ara hi caic... —em torna a clavar els ulls, que ara barregen l'incendi més intens amb la llàstima més pregona—. Mira'm, digues, això és el que fas quan dius que vas a treballar? Perquè el meu tiet diu que fa dies que no hi vas i que no li agafes el telèfon —l'aigua freda se solidifica i em cau al damunt com plaques de pedra que em remeten al somni—. Vas a espiar el Quim i ta cosina i a creure't que ocupes el lloc que ocupa ella? Que ets ella? És això? Això és el que fas, Nur? Perdràs la feina, ja ho saps? Tot, ho perdràs, Nur, tot! Reacciona, fes el favor!

Segueix parlant però ja no l'escolto, afonada sota les roques de gel que no hi veig escapatòria. La Mar i el meu Quim junts, diu, però junts des de quan, aquell dia que els vaig presentar, que ella anava amb el trípode i ell que no va apartar-ne la mirada fins que ella va desaparèixer del camp de visió, absorbit per l'olor enganxifosa del seu cos de ballarina? En totes aquelles festes en què intentava fer-li agafar gelosia, ell ja pensava en ella? Vaig ser tan beneita de plantar-li fàcilment una excusa per deixar-me i que pogués córrer a uns braços que desitjava més, que el van encaterinar des del primer dia? Per això es mantenia tan serè, sense sang a les venes, mentre em deia l'adeu definitiu? Clar, ben idiota que soc, si ell ja feia temps que m'enganyava, que m'enganyava de pensament, que només la princesa immaculada ocupava la seua ment inaccessible. I jo, a tot això, tan capficada en el meu joc de gelosies, a voler veure'l subjugat als meus peus, estúpida de mi, que no el vaig atendre prou, que no em vaig ni fixar que el seu cap volava cap a altres territoris encantadors. Va anar així, la cosa? O és que ja torno a elucubrar massa? Potser la vam trobar en alguna festa i no me'n vaig ni adonar? Per això mai no fèiem res? Què havíem de fer, si es veu que ara el nosaltres no existia. I aquell dia qualsevol que vam anar, què sé jo, al mercat, jo no era jo? Si era la Mar la que anava amb el Quim, qui era jo, qui soc jo? Sí, recordo que la Mar hi era, que sempre hi era, i jo? Amb qui anava, jo? I quan em vaig llançar als seus peus, quan em vaig arrossegar perquè tornés amb mi que no podia viure sense ell, que ell venia del futbol, què vaig fer, jo? Vaig arribar a sortir d'aquella cantonada? M'hi vaig atrevir o tot va quedar en una idea que de tan pensada se'm va fer realitat?

I anit... ahir el Quim sí que era ell, que el vaig tindre al davant tot i que no era allí per mi, que només hi era per la Mar, embadalit que li queia la bava, amb els seus ulls de mel de llimona que provaven d'entendre'm i que només em van aconseguir transportar a aquella primera vegada a la caseta de camp dels seus iaios, com si el temps s'hagués parat allí, quan el pare encara vivia per poc, quan ell encara no coneixia la Mar, quan el món ens ballava al voltant amb una dansa de mil colors. Un crit que és meu em fa tornar en mi i m'adono que m'he deixat caure contra la paret, amb tot el pes dels glaçons sobre el cap. M'alço lentament que em fa mal tot el cos i la testa m'espetega arreu amb tot d'imaginacions que no sé si ho són que em corren per dins. Ordeno a les cames que em portin a l'habitació, els braços m'agafen una maleta, les mans m'hi apilen quatre coses i, finalment, els peus decideixen encaminar-me a l'únic lloc on podria prendre una mica de llum a la fosca de preguntes sense resposta que m'arremolinen com un huracà. I la Violeta que es queda on és com si res, o potser sí que em mira però ja no em dirà res, que no em pot dir ni ase ni bèstia amb aquells ulls reblerts d'inintel·ligibilitat, reconvertida, ara sí, a la fi, en reina de casa seua.

XXVI

Poso la música al més alt possible i canto ben fort, que el soroll retrona en els cotxes que em passen per la vora, que tots saben el que s'hi amaga dins i em miren amb cara de l'endevinalla més embrollada a què s'hagin pogut enfrontar. Són pocs els cotxes que m'avancen, que entre cants i espetecs del cap, ningú corre més que jo. Les notes em ressonen des de dins, barrejades amb la meua veu estrident, que em torna mal de cap però jo només vull silenciar la ment. Va ser amb el Quim, l'última vegada que vaig fer aquest recorregut cap al sud, resseguint la línia de mar salada que ara no em sap recordar els somriures. I abans va ser amb el pare, però fa tant de temps ja que tot ha quedat replegat sota les pedres que intueixo a la costa. No sé què se n'ha fet del iaio ni si encara viu, si encara el trobaré a la residència. Vull pensar que la mare m'ho hauria dit, si hagués mort. O no? Potser no ho sap ni ella, que hem plantat el nostre vaixell massa lluny del que havia sigut el pare i el seu poble mariner del blau del cel, que no sabem ni què són les barques que utilitzen els pescadors, ni què fan, ni com.

El pare me'n comentava ben poques coses, que mai volia parlar del que havia deixat al poble, que el rostre se li ofegava rere les onades. Només deia que era molt dur i sacrificat, que són moltes hores dalt la barca, que t'hi embarques abans que surti el sol, tot el dia mar endins, que el teu sòl no és la terra immòbil, que és l'aigua sempre bellugadissa, i en tornes a la tarda, i ves que no et toqui tornar al vespre a fer la jornada del llagostí. Però a l'escola diuen que saben llegir el cel, els pescadors, que li responia jo, exaltada, i tot quedava aquí, perquè a ell del cel només li venia la tempesta, i es limitava a fer que no, que ell d'això no n'havia après res, i és que el pare se li va allunyar abans d'explicar-li tantes coses. Jo el vull recuperar i que m'expliqui tot el que no li va saber dir a ell, aquest pare que ara és iaio que no en va saber més, fet d'aigua i sal i de llegendes de mar.

Les casetes blanques de dos pisos d'alt que ressegueixen la primera línia del passeig em donen la benvinguda al poble, que ha sabut mantindre l'encant mariner que tants altres han perdut. Aquesta és la seua senya d'identitat, em dic, i m'hi sento completament forastera per no haver sabut conduir la sang que m'hi portava. Però no busco el poble ni el seu caliu marítim que no em sabrà donar, que només vull el iaio i el seu relat fet de memòria perduda, com els vaixells que naveguen seguint la llum de les estrelles, la llum que ara necessito en el meu propi relat, esquinçat, romput en la imaginació.

Hi ha tot de restaurants que ofereixen les joies de la mar propera, fresques i de proximitat. Un riure atrofiat se m'encén a l'estómac i em va creixent per dins, que l'únic que m'hi connecta, amb aquest poble de pescadors que em recorre parcialment les venes, és l'ofici que estic a punt de perdre, que perdré sense remei, entre peixos i llagostes que sempre han volgut fugir de mi com jo mateixa, que no volien el foc de la paella, que a ells els vaig saber retindre el que no em sé retindre a mi, que tot em fuig, que la vida se'm dissol al cap com l'aigua salada de la pell, que el sol, astre magne, tot s'ho emporta, que no li cal ni aixecar la veu, que en som vassalls esquifits i no en podem escapar.

Tot m'hi porta i tot hi convergeix, a aquest poble circular que acarona la mar a cada passa. Però no m'hi quedaré que no m'hi puc quedar, no valdria la pena. Per fer què, per trobar el passat del pare a cada cantonada i rebel·lar-me per tot el que hauria pogut ser; per resistir les confabulacions de malsons que serien encara més reals; per alçar una nova petjada que no n'entén, de fonaments per solidificar? No m'hi puc quedar perquè ja no em pot ser medicina, només és una primera parada per resoldre la vida que em va per dins, un riu que ha transvasat i que no hi ha manera de contindre, que espera unes paraules desmemoriades que li puguin enclavar envergadures per deturar la força de l'abisme, per alleugerir l'impuls de l'aigua, per crear un espai de mar en calma on els peixos menuts naveguen al costat dels grans i se saluden, fan petar la xarrada i no passa res, bon dia tingui i ja ens tornarem a trobar, amoixats serenament per l'aire fet de gotes d'aigua.

Al taulell de la residència, demano pel iaio amb tota la veu que em tremola i, quan em presento com la seua neta, la recepcionista em regala una mirada desafiadora com rajos de culpa per no visitar-lo mai. No està gaire bé, últimament, diu secament, ja no vol sortir de l'habitació, que es passa el dia mirant la mar per la finestra. No pretenguis que et reconegui, em clava com espines de qui t'agafa amb la guàrdia sota els talons, i jo només assenteixo amb la cara abaixada que no hi ha res que pugui dir, que no faria altra cosa que asseure'm al costat del iaio i empassar-me tota l'aigua salada amb els ulls fins a encegar-me. La recepcionista m'acompanya a l'habitació amb passos cansats i vacil·lants. El trobo assegut en una cadira de fusta, posada de cara al blau de la finestra, immòbil, com qui viu tota la vida des de dins, sense forces per exterioritzar-la. Agafo una altra cadira i m'assec al seu costat, amb el mateix escenari d'ones, barques i gavines. Passa el temps i no ens diem res, que ni tan sols m'ha mirat, amb els ulls que els té assecats de tanta sal que hi té incrustada.

—Sé que ets tu, Mercè. Què fas, aquí? Per què has tornat? —encara no li he vist els iris però ja ha sentit el meu contacte, que deu ser com el de la iaia. Em quedo callada que no vull que la veu em traeixi i ja m'està bé, que es pensi el que no és, encara que la meua pell eriçada com un mal pressentiment comenci a intuir tot de coses que no havia volgut entendre—. Em vols fer més mal, encara? —una gota salada li surt del lacrimal per recórrer els senders enclotats de la galta—. Vindria amb tu, si pogués, és el que més desitjo, però no per quedar-me amb tu, això sí que no. Vindria per agafar la mà del nostre nen i allunyar-lo de tu, pobrissó, que t'ha seguit fins i tot a l'altre món, el meu pobre nen que no el vaig saber protegir... Ara, quan pugui vindre, no em tremolarà la mà, això que et quedi clar.

—Per... per què... l'hauries de... de protegir, de... de mi? —que m'atreveixo a articular, al final, entre tartamudejos enfilats com embats de mala mar contra les roques. Però el iaio calla de nou, amb la gota que se li asseca al rostre. Mirem el recorregut d'una barca, que entra lentament al port. Passa una altra estona, llarga com els dies sense temps, fins que abaixa les ninetes al got d'aigua que té a l'ampit de la finestra, amb dues pastilles al costat. De cop es posa ert, animal amb tots els sentits en alerta i amb la mirada feta de sang que ara sí que bolca sobre mi.

—Per l'amor de déu, no li donis més conyac i calmants al nen, que el mataràs, no veus que el mataràs! —m'agafa els braços i em sacseja sense parar, i em sento com una baldufa indefensa que es deixa fer, amb els trets aterrits de qui ha estat empassat pel naufragi de la veritat—. No el pots retindre, no el pots retindre així, és un nano, ha de sortir i jugar, ha de fer món, com la resta de nens, has d'entendre que no és propietat teua! —la mirada glaçada se'm clava al got de líquid transparent que té al davant, que no és ataronjat però l'agafo inconscientment sense saber què fer-ne. El iaio que ara és el meu marit, però, es trastoca encara més—: Prou, para, el mataràs, el mataràs! No l'hi donis, proooou! —m'agafa la cara amb les dues mans, m'estreny amb la força fluixa de qui té els braços vençuts de tota una vida i després, inesperadament, alleugereix les faccions de tempesta—. Perdona, ho sento, no és culpa teua, és meua, tot és culpa meua! Per ser un covard, per haver fugit, us vaig deixar sols, tu que no en sabies més i ell que només et sabia a tu. Entén-me, Mercè, m'has d'entendre: no podia veure-ho, no ho podia aguantar, tot plegat em quedava gran, m'engolia, i sé que m'hauria hagut d'emportar el nen amb mi però tot el seu món eres tu i com ho hauria fet, eh, digues, com? —em solta la cara i torna al camp de visió de la seua mar pausada, amb el dibuix de la derrota que destorba la netedat que emmarquen els seus ulls—. Però tranquil·la, no et preocupis que ara... ara ja ho veus, la vida m'ha castigat i bé que m'ho mereixo. Aquí tot sol, que tots heu marxat i aquesta vida inacabable que em reté com tu el vas retindre a ell, que no em deixa marxar perquè ja vaig voler marxar massa prompte... I ho entenc, eh, i aquí em tens, fent la meua penitència silenciosament, sant de la meua culpa. Tots... tots heu anat lluny, ben lluny, qui sap on, tu, el fill... —torna a girar el rostre cap a mi i ara em dirigeix una cara estranya, com si un moixó desconegut hagués aterrat al seu port de família avinguda i calgués explorar-lo detingudament, arraconar-li tots els secrets per saber-lo amic o enemic. El veig dubtar sobre el seu judici però prossegueix—: I aquella nena, que porta la nostra sang i té la teua cara, em remou tot, perquè la miro a ella i et veig a tu, el meu nen... però sobretot a tu, Mercè, i sort que no la veig mai, tot i que hi penso molt, moltíssim, com ara... que em pareix que la tinc al davant, però no ho tinc clar, no ho tinc gens clar... Ets tu, Mercè? No ho sé, no sé si ets tu, si ets tu o és ella, però tant hi fa, ja, que em fa que ara sí, que ara ja em queda ben poc per embarcar-me mar endins fins a la penombra per sempre.

Ja no hi ha més paraules. El iaio es va compassant amb la seua mar pausada, amb la respiració que se li alenteix de nou al vol de les aus marines. Les parpelles li pesen i es va endormiscant, que acaba de concentrar un esforç verbal que se li ha endut tota l'energia que ja no té, però que necessitava per expiar-se abans que. Un abans que podria tardar hores, dies, pocs mesos a tot estirar. La seua calma dolça de xiquet menut es contradiu amb les envergadures esquinçades que no m'han sabut deturar la força del riu. Un riu que ara és alta mar, amb les ones que es formen, que creixen colossalment i que esclaten en milers d'estralls escumosos que es perden en un desert d'arena sense fi.

Els peus de gres em trauen de la residència que ni me n'he adonat i els ulls entelats d'ombres saben clissar una llum tènue que emergeix d'un local arrecerat. M'assec a la barra, amb la mirada fixada en les botelles de tots els colors que omplen les estanteries de promeses d'una vida millor. El cambrer tampoc no vol obrir la boca, que només m'apuja les celles amb tot el front arrugat i el cap que tira una mica enrere. Immergida en el joc silenciós que m'ha caracteritzat des de menuda, a mi i al pare, i també al Quim, respiro molt endins i assenyalo una botella del color de sempre, roent com el foc que podria apagar l'impuls d'un poble que creix a l'aigua.

El líquid dels ulls es barreja amb el líquid de la copa i també amb les partícules de saliva que s'escapen d'una boca entreoberta que, tot i així, no pot aturar el riure. Em quedo abduïda amb la sensació de la cremor que baixa gola avall, es passeja per l'esòfag i s'acobla suaument a l'estómac. Ric perquè em fa sentir bé, ploro perquè encara sento el que no em fa estar bé. Torno a assenyalar la botella al cambrer, que em cau bé perquè continua sense dir res, sense jutjar, que m'obeeix i punt. De tant en tant, em clava un ull innocentment interrogatiu sobre la cara de trets bipolars, però no pregunta. Torna a obeir el meu dit impositiu, i torna, i torna.

Remeno per la bossa, agafo la capsa i en trac tres perletes blanques per apagar les partícules aquoses que insisteixen a retornar al passat. Les escampo dins el líquid i amb el dit remeno fins que no en queda rastre. Somric davant el passat que es pot esborrar així de fàcilment. Sento remor a la porta i giro el cap, em replego en una roca, que no pot ser que m'hagin trobat. Un, dos, tres, els tres homes de la discoteca, que ara venen cap a mi, que s'han cansat de la Mar. M'alço d'un bot i corro fins a la punta més apartada del local, em quedo aclofada, amb els ulls fermament tancats, encara amb la copa ben forta a la mà. Faig un trago llarg, obro lentament un ull com una escletxa i els homes ja no hi són, que ara hi ha la Mar, el Quim i, darrere, resguardant-los del que pugui ser, el Goliat que és la mare, que els abraça per l'esquena amb unes mans que són urpes d'ungles de laberints llarguíssims que acosta cap a mi, que em volen capturar.

Remeno un altre cop a la bossa amb urgència, m'acosto la mà a la boca ben ràpid que m'empasso el puny, trago fondament fins a beure'm l'aire. Em tiro al terra, estirada com un llençol desgastat, abandonat, amb els ulls que no puc obrir per veure un món de veritats i mentides que em queden massa grans. M'arronso inquieta, m'estiro fort els cabells per arrencar-me les arrels que m'enclaven on soc i els pulmons m'expulsen com una torrentada tota l'aigua acumulada que atia com un incendi d'agost. El crit humit com un xiscle d'animal davant la mort esmorteeix els inputs exteriors, les poques paraules que han retornat al cambrer, repetitives com els seus braços que em sacsegen, com els mots que crida al telèfon, com les sirenes que espeteguen al cap de res, però que em deixin que jo navego sense pes en un nou mar d'aigües negres.

***

M'he perdut en un toll cobert de parets blanques. Miri on miri, tot és blanc, al meu voltant. Estic estirada en un llit de llençols blancs, amb una manta blanca doblegada a la part dels peus i un pijama blanc sota el coixí. Si obro l'armari, hi ha dues tovalloles blanques, una jaqueta blanca i un altre vestit blanc, com el que porto ara. O és una bata? Als peus del llit, descansen un parell de sabatilles blanques. Si miro finestra enllà no hi ha la mar del iaio, per això no em cal mirar. Només hi ha cortines blanques que no descorro mai. Rere seu, tot se'm projecta de la mateixa tonalitat blanca. La llum que hi entra és blanca, tènue, neta. L'olor és blanca, intensa, de detergent i alcohol. Els meus pensaments s'han fet de blanc i ara els puc escriure en els folis blancs de damunt la taula buida. Han tardat dies, setmanes o potser mesos, qui sap, a deixar-me un bolígraf per poder-los omplir. Aquí no em deixen res que tot els fa por, la mateixa temor que a mi m'han fet polir en un blanc que relleueix, qui els entengui.

Però ara escric, més lentament del que voldria, que he de pescar idees que em cauen com llamps en un cap que m'emblanquinen de contingut. Em ve un llac i una caseta d'arbre on s'aixopluga un moixó malferit que es dirà Blau, Blauet, que és menudet, del color de la mar, que m'he cansat de tant de blanc, que em perdo entre tant de blanc, no diuen que la vida és de colors, doncs ara es veu que la ment ha de ser d'un blanc descolorit. Hi ha una senyora feta de joies de tots els colors que em parla d'aquest lloc, però aquí no la puc sentir, o potser és massa tard, que la vida per dins no ha de tindre cap color.

Agraïments

Família, amics, els de sempre i els que heu arribat més tard, però que amb tot el caliu m'heu abraçat com si hi haguéssiu estat sempre. Podria dir noms però no els diré, que si em refereixo a vosaltres ja ho sabeu i, a vegades, les paraules en silenci són els millors mots. Sí que he d'anomenar el teu, Sergi, el meu primer editor, lector i apassionat d'aquestes pàgines, que m'ha ajudat a donar-los la forma que ara tenen. A totes i a tots, moltes gràcies per estar al meu costat, per la força que em brindeu i per creure tant en mi, molt més del que jo soc capaç de fer. Molts ja ho intuíeu, que algun dia arribaria aquesta novel·la, doncs ja ho veieu, un trosset d'ella és vostra i és per vosaltres.

Al Iago, moltíssimes gràcies per la confiança i per les paraules entusiastes que m'has dedicat des del primer moment. També a la Loles, per haver-nos retrobat, a l'Ester, al David, a la Maite, a la Maribel, al dissenyador, als correctors i a tot l'equip d'Univers Llibres que han fet possible aquest llibre.

Per últim, que és el primer, al Lluc, el teu suport incondicional és la meua mà ferma damunt del món. Junts hem construït la llum més forta, que ni l'astre magnànim anomenat Sol: és el nostre petit Bruc, dolçor de vida, somriures encaramel·lats que ens fan badar per res, per tot. Les gràcies, a vosaltres, mai les acabaria.